Estranho Misterioso

Mark Twain

Estranho Misterioso

Posfácio de Michel Sokoloff
Tradução de Merle Scoss

Axis Mvndi

Título original: *The Mysterious Stranger*
Copyright da tradução © 1999 by Axis Mundi Editora

Ilustrações: detalhes de telas de Pieter Bruegel, o Velho (1525/69)

Capa e projeto gráfico: Guilherme Vianna
Editoração eletrônica: Página Um – Design Gráfico e Editorial

Reedição
Editoração: Ana Carolina Orsolin
Revisão para o novo acordo ortográfico: Lourdes Rivera
Coordenação: Joe Ribeiro

Dados Internacionais de Catalogação na Publicação (CIP)
(Câmara Brasileira do Livro, SP, Brasil)

Twain, Mark, 1835-1910
 O estranho misterioso / Mark Twain ; posfácio de Michel Sokoloff ; tradução de Merle Scoss. -- São Paulo: Axis Mundi, 1999.

 Título original: The mysterious stranger.
 ISBN 85-85554-12-6

 1. Ficção norte-americana I. Título.

99-0215   CDD-813

Índices para catálogo sistemático:
1. Ficção : Literatura norte-americana   813

Todos os direitos desta edição reservados à

AXIS MUNDI EDITORA LTDA.
Av. Engenheiro Luís Carlos Berrini, 1681 - 11 andar anexo 752
Cidade Monções, São Paulo - SP, 04571-011
www.axismundieditora.com.br

Sumário

Apresentação *7*

O estranho misterioso *11*

Posfácio de Michel Sokoloff *197*

Mark Twain (1835-1910)

Apresentação

Carlos Heitor Cony resumiu com muito humor a vida de Mark Twain: "Samuel Langhorne Clemens nasceu em 1835. Viveu o bastante: morreu em 1910. Entre as duas datas foi menino pobre em Hannibal (Missouri), às margens do Mississipi, piloto de navio no mesmo rio, jornalista em diversos lugares, conferencista profissional e autor de muitos livros. Segundo narra em suas memórias, ele fez sua estreia literária casualmente, com uma história que um conhecido lhe narrara. Deu tão pouca importância a essa estreia que a publicou sob o pseudônimo que o tornaria conhecido mundialmente".

Como relembra Cony, há classificações fáceis que acompanham determinados autores: Machado de Assis era rabugento; Zola, realista; Dostoiévsky, torturado; Shakespeare, profundo; Balzac, universal; Victor Hugo, verboso; Melville, místico. Mark Twain entra nesse tipo de classificação como "humorista".

Diz Cony que "evidentemente, esses autores mereceram em parte ou no todo tais classificações, mas elas ficam distantes de qualquer definição crítica. Como sempre, a unanimidade é suspeita".

Para um simples "humorista", Mark Twain recebeu elogios bastante enobrecedores. Segundo Ernest Hemingway, "toda a literatura moderna norte-americana vem de um livro de Mark Twain chamado *Huckleberry Finn*". E William Faulkner chamava Mark Twain de "o pai do romance nos Estados Unidos".

Se suas obras mais conhecidas – *As aventuras de Tom Sawyer* (1876) e *Huckleberry Finn* (1884) – conservam aquele estilo de prosa humorística, o mesmo já não se pode dizer de O estranho misterioso, que ele escreveu no fim da vida, amargurado e solitário, e que só foi publicado em 1916.

Totalmente diferente das obras "juvenis" e "humoristas", *O estranho misterioso* representa uma perturbadora indagação sobre a própria natureza do ser humano.

Também Jack London (1876-1916), um dos mais vigorosos cultores do realismo narrativo, construiu sua obra com fábulas sobre os aspectos ambivalentes da barbárie e da civilização (*Caninos brancos* e *O lobo do mar*, por exemplo) e a encerrou com o surpreendente *O andarilho das estrelas* – um relato sobre regressão a vidas passadas!

Coube agora ao notável Michel Sokoloff unir o Mark Twain de *O estranho misterioso* e o Jack London de *O andarilho das estrelas* naquele "espaço íntimo onde o sonhador dá forma aos meus sonhos".

Psicoterapeuta, escritor, escultor e investigador de várias áreas do conhecimento tradicional esotérico e das modernas correntes psicológicas, Michel Sokoloff acredita que Mark Twain e Jack London "têm como herdeiros diretos Carlos Castañeda e os novos xamãs das tribos indígenas americanas e os povos oprimidos pelo modelo social dominante no nosso planeta".

Quando pedimos ao nosso amigo Michel Sokoloff um texto de apresentação para esta edição de *O estranho misterioso*, ele desenvolveu o tema da "herança" de Mark Twain e Jack London, construindo uma fascinante arquitetura analítica que envolve mundo interior, sincronicidade, xamanismo, linguagem, iniciação e vários outros tópicos.

Temos agora a grata satisfação de apresentar ao público brasileiro duas obras extraordinárias: *O estranho misterioso*, romance de Mark Twain, e *Mark Twain: Um precursor do xamanismo moderno*, um ensaio de Michel Sokoloff.

Os editores

O texto de Carlos Heitor Cony que aqui reproduzimos parcialmente, com permissão, foi publicado no jornal "Folha de São Paulo" em 13/6/97, sob o título "O Homero do Mississipi, o Dickens da América".

oi em 1590, no inverno. A Áustria estava apartada do mundo, adormecida. Aqui ainda era Idade Média e assim prometia permanecer para sempre. Algumas pessoas pensavam que o país estava séculos e séculos no passado e diziam que, pelo relógio mental e espiritual, a Áustria ainda estava na Era da Crença. Mas isso era dito como um elogio, não como um insulto. Para nós, era um elogio que nos enchia de orgulho. Lembro-me muito bem, embora fosse ainda um garoto, e também me lembro do prazer que isso me dava.

Sim, a Áustria estava afastada do mundo e adormecida. E nossa aldeia, bem no meio da Áustria, dormia no meio desse sono. Dormia em paz, no profundo recolhimento de uma solidão cercada de montanhas e bosques, com sonhos de infinito contentamento que as notícias do mundo raramente vinham perturbar.

Diante da nossa aldeia corria o rio tranquilo, com as águas espelhando as nuvens e os reflexos das barcaças e canoas que o desciam vagarosamente.

Atrás de nós erguiam-se as encostas arborizadas até a base das montanhas gigantescas. No topo da mais alta montanha, um enorme castelo dominava o panorama com suas longas fileiras de torres e bastiões cobertos de trepadeiras.

Além do rio, uma légua à esquerda, havia uma confusa vastidão de colinas cobertas de florestas, separadas por gargantas onde sopravam os ventos e a luz do sol nunca penetrava. E à direita, um precipício caía até o rio.

Entre as colinas e o precipício, estendia-se uma planície salpicada aqui e ali de casinhas aninhadas entre pomares e árvores frondosas.

Toda a região, por léguas e léguas ao redor, era a propriedade hereditária de um príncipe. Seus servos mantinham o castelo sempre em perfeitas condições de ser habitado, mas o príncipe e sua família só apareciam por aqui uma vez a cada cinco anos, se muito.

Quando apareciam, era como se o Senhor do Mundo tivesse chegado. Traziam consigo todas as glórias do reino e, ao partir, deixavam atrás de si uma calma que mais parecia o sono profundo que vem depois da festa.

Eseldorf [Aldeia do Burro] era um paraíso para nós, garotos. A escola não chegava a nos incomodar. Quando muito, eles nos ensinavam a ser bons cristãos e reverenciar a Virgem, a Igreja e os Santos acima de todas as coisas.

Fora disso, não exigiam que a gente soubesse muito mais – na verdade, não permitiam! Viviam nos dizendo que o Conhecimento não é bom para as pessoas comuns e pode torná-las descontentes com o fardo que Deus destinou a cada uma delas... e Deus não suporta que alguém fique descontente com Seus planos. A aldeia tinha dois padres. Um deles, o Padre Adolf, sacerdote muito zeloso e diligente, era bastante respeitado.

Talvez pudesse haver padres melhores, em muitos sentidos, do que o Padre Adolf, mas nunca houve na nossa comunidade um que fosse respeitado com tanto temor e solenidade.

Bem, é porque ele não tinha medo do Diabo. Foi o único cristão que conheci em toda a minha vida que não tinha medo do Diabo. E por causa disso as pessoas morriam de medo dele. Pensavam que devia haver alguma coisa sobrenatural nele, para poder ser tão destemido e confiante. As pessoas falam do Diabo com amarga desaprovação, mas sempre com reverência, nunca com leviandade. E o Padre Adolf era bem diferente. Ele chamava o Diabo de todos os nomes feios que a língua podia inventar e as pessoas que o ouviam tremiam de medo. Às vezes ele falava do Diabo com tanto desprezo e desrespeito que todo mundo fazia o sinal-da-cruz e saía de perto o mais depressa que podia, temendo que alguma coisa terrível acontecesse.

O Padre Adolf realmente encontrou Satã cara a cara, mais de uma vez, e o desafiou. Todo mundo sabia que isso era verdade. Claro, foi o próprio Padre Adolf quem disse!

Ele não fazia segredo de ter encontrado o Diabo. Falava abertamente. E havia provas de que ele falava a verdade, numa ocasião pelo menos: foi quando ele discutiu com o Inimigo e, corajoso, jogou o tinteiro em cima dele. A prova é a mancha arroxeada na parede do seu gabinete, no lugar onde o tinteiro bateu e se despedaçou.

Mas a gente gostava mesmo era do Padre Peter, o outro padre, e era dele que tínhamos mais pena.

Algumas pessoas da aldeia acusavam o Padre Peter de andar falando que Deus era a essência da Bondade e que Ele acharia um jeito de salvar todas as Suas infelizes criaturas.

Dizer esse tipo de coisa era uma heresia terrível, mas nunca apareceu nenhuma prova absoluta de que o Padre Peter tivesse realmente dito isso. E nem combinava com o caráter dele, um homem bom, meigo e honesto. Ele não era acusado de dizer aquela heresia no púlpito, onde toda a congregação teria ouvido e prestaria testemunho. Não, só fora do púlpito, em conversas.

E *uma conversa* é coisa fácil de ser inventada pelos inimigos. O Padre Peter tinha um inimigo, e que inimigo poderoso! O Astrólogo, que vivia numa velha torre arruinada lá no alto do vale e passava as noites estudando as estrelas.

Todo mundo sabia que o Astrólogo podia predizer guerras e fomes. Bem, isso não era lá muito difícil, porque sempre havia uma guerra em algum lugar e gente passando fome noutro lugar. Mas ele também podia ler a vida de qualquer homem pelas estrelas, consultando um livro imenso, e era capaz de encontrar objetos perdidos.

A aldeia inteira, com exceção do Padre Peter, ficava muda de assombro diante dele. Até o Padre

Adolf, que desafiou o Diabo, mostrava o maior respeito pelo Astrólogo quando ele descia o vale e passava pela aldeia com seu chapéu alto e pontudo e seu manto longo e esvoaçante, todo bordado de estrelas, carregando aquele livro enorme e um bastão que tinha a fama de possuir poderes mágicos. Comentavam que o próprio Bispo às vezes consultava o Astrólogo. É que, além de estudar as estrelas e fazer profecias, o Astrólogo dava as maiores exibições de piedade religiosa e isso, é claro, impressionava o Bispo.

Mas o Padre Peter não dava a mínima confiança ao Astrólogo. Denunciou-o abertamente como charlatão, um impostor sem nenhum conhecimento valioso, sem quaisquer poderes além daqueles possuídos pelo ser humano comum. Claro que isso fez o Astrólogo odiar o Padre Peter e querer arruinar a vida dele.

Todos nós acreditamos que foi o Astrólogo quem começou aquele boato sobre os comentários heréticos do Padre Peter e levou a história até o Bispo. Contou que o Padre Peter tinha dito aquelas heresias para sua própria sobrinha Marget. Pobre Marget! Ela negou tudo e implorou ao Bispo para acreditar nela e salvar seu velho tio da miséria e da desgraça. Mas o Bispo não lhe deu ouvidos. Suspendeu o Padre Peter por tempo indeterminado, mas não chegou ao extremo de excomungá-lo com base no depoimento de uma única testemunha. E agora já fazia dois anos que o Padre Peter estava fora da Igreja e o nosso outro padre, o Padre Adolf, ficou com o seu rebanho de fiéis.

Foram anos difíceis para o velho sacerdote e Marget. Antes eram amados por toda a aldeia, mas é claro que tudo mudou quando a sombra da reprovação episcopal caiu sobre eles. Muitos amigos se afastaram totalmente e os outros se tornaram frios e distantes.

Quando aquela tragédia aconteceu, Marget era uma encantadora mocinha de 18 anos, com o rosto mais lindo da aldeia e a cabeça cheia de boas ideia. Com as aulas de harpa, ela conseguia ganhar o suficiente para garantir roupa e comida. Mas seus alunos foram sumindo, um depois do outro. As moças da aldeia esqueciam de convidá-la para as festas e bailes. Os rapazes pararam de visitar sua casa. Todos desapareceram, menos Wilhelm Meidling... mas como o censuravam!

Marget e o tio se sentiam tristes e infelizes na desgraça e no ostracismo, e a luz do sol apagou-se em suas vidas.

Durante aqueles dois anos, as coisas só fizeram piorar para eles. As roupas iam se gastando, o pão de cada dia ficava mais difícil de ganhar. E agora chegava o fim. Solomon Isaacs decidiu que já lhes tinha emprestado todo o dinheiro que estava disposto a emprestar, e avisou que no dia seguinte executaria a penhora.

avia três garotos que andavam sempre juntos. Foi assim desde o berço, eles eram amigos desde pequenos e a amizade ficava mais profunda com o passar dos anos. Um dos garotos era Nikolaus Bauman, filho do magistrado da comarca. O segundo, Seppi Wohlmeyer, era filho do dono da maior estalagem da aldeia, "O Cervo Dourado", que tinha um belo jardim, com árvores frondosas descendo até à beira do rio, e botes de aluguel. E eu era o terceiro.

Meu nome é Theodor Fischer e meu pai era organista da igreja, regente da banda de música da aldeia, professor de violino, compositor, coletor de impostos e sacristão; em todos os sentidos, um cidadão útil e respeitado por todos.

Nós três conhecíamos as colinas e os bosques tão bem quanto os passarinhos. Nas nossas horas de folga, estávamos sempre perambulando por lá, quer dizer, quando não estávamos nadando, remando, pescando, brincando no gelo ou escorregando na neve das colinas.

E tínhamos entrada livre no parque do castelo, coisa proibida para quase todo mundo. Isso porque éramos os favoritos do mais velho criado do castelo, Felix Brandt. Muitas vezes íamos para lá à noite ouvir o velho Felix falar dos velhos tempos e contar histórias estranhas, dar uma cachimbada (ele nos ensinou a fumar) e tomar café.

Café, sim, porque o velho Felix lutou nas guerras e esteve no cerco de Viena. Quando os turcos foram derrotados e postos a correr, entre o material capturado havia sacas de café e os prisioneiros turcos ensinaram os nossos soldados a fazer uma bebida gostosa com aqueles grãos. E agora o velho Felix sempre dava um jeito de ter café, tanto para beber ele mesmo como para assombrar os ignorantes.

Quando caía uma tempestade, ele nos fazia passar a noite no castelo. E enquanto lá fora trovejava e relampejava, ele nos falava de fantasmas e horrores, de batalhas, assassinatos, mutilações e coisas do gênero, criando um ambiente alegre e aconchegante.

Essas coisas que contava, a maioria delas ele conhecia por experiência própria. O velho Felix viu muitos fantasmas em seu tempo, muitas bruxas e feiticeiras. Uma vez, no meio da mais terrível tempestade, ele se perdeu nas montanhas e por volta da meia-noite, à luz dos relâmpagos, viu o Caçador Louco, seguido pela matilha de cães infernais, atravessar o céu negro rasgando as impetuosas camadas de nuvens. Certa vez também viu um íncubo. E muitas vezes viu o Grande Morcego que chupa o sangue do pescoço das pessoas quando elas estão dormindo, batendo suavemente suas imensas asas negras para mantê-las entorpecidas até morrerem.

Ele nos encorajou a não ter medo de coisas sobrenaturais, como fantasmas. Dizia que os fantasmas não fazem mal a ninguém, só ficam vagueando pelo mundo porque se sentem solitários e tristes e querem um pouco da nossa atenção e compaixão.

Com o tempo, nós três aprendemos a não ter medo e até descemos com o velho Felix, no meio da noite, às câmaras assombradas nos calabouços do castelo. O fantasma só apareceu uma vez. Um vulto vago, ele flutuou silenciosamente no ar e depois desapareceu. O velho Felix tinha ensinado tão bem sua lição que nós três nem tremiemos. Ele nos disse que aquele fantasma às vezes aparecia no meio da noite e o acordava passando a mão úmida e gelada sobre seu rosto, mas não lhe fazia mal. Só queria atenção e compaixão.

O mais estranho, porém, é que o velho Felix tinha visto anjos – anjos de verdade, descidos do Céu – e falado com eles. Anjos que não tinham asas, que usavam roupas iguais às nossas, que falavam e agiam exatamente como uma pessoa comum. Só se percebia que eram anjos por causa das coisas maravilhosas que faziam, coisas que um mortal nunca conseguiria fazer, e pelo modo como desapareciam de repente enquanto se estava falando com eles. O velho Felix nos disse que os anjos eram amistosos e alegres, não sombrios e melancólicos como os fantasmas.

Tivemos uma dessas conversas numa noite de maio e, na manhã seguinte, tomamos um bom café com o velho Felix. Depois descemos a montanha, atravessamos a ponte e pegamos a trilha da esquerda até chegar numa clareira no alto da colina, um dos nossos pontos favoritos.

Deitamos na grama à sombra das árvores para descansar, dar uma cachimbada e conversar sobre aquelas histórias estranhas e impressionantes que ainda agitavam a nossa imaginação. Mas na hora de acender os cachimbos, descobrimos que tínhamos esquecido de trazer o conjunto de pederneira e fuzil para fazer a faísca.

Foi aí que apareceu um rapaz.

Ele saiu do meio das árvores e veio na nossa direção com passadas largas, sentou-se ao nosso lado e começou a conversar como se fosse amigo nosso, como se nos conhecesse.

Mas nós não respondemos nada, porque ele era um estranho. A gente da aldeia não estava acostumada a estranhos e ficava encabulada. Ele usava roupas novas e de boa qualidade, era simpático, tinha um rosto atraente e a voz agradável. Era tranquilo, gracioso e desembaraçado; não desajeitado, desleixado e acanhado como os outros garotos. Nós três queríamos ser amistosos com ele, mas não sabíamos por onde começar.

Foi então que eu me lembrei do cachimbo e fiquei pensando se seria educado oferecer-lhe uma cachimbada. Mas aí lembrei que não tinha fogo, e fiquei frustrado, desapontado. Ele me olhou, sorriu e disse:

– Fogo? Claro, é fácil. Eu lhe dou fogo.

Fiquei tão espantado que nem consegui falar. Ora, eu não tinha dito uma única palavra em voz alta! Ele pegou o cachimbo e soprou dentro do fornilho. O tabaco acendeu e logo as espirais de fumaça azulada se ergueram no ar. Nossa reação natural foi pular de pé e fugir em disparada. Corremos alguns metros, mas ele nos suplicou para não fugir e nos deu sua palavra de honra de que não nos faria nenhum mal. Disse que só queria fazer amizade e brincar um pouco. Paramos de correr e ficamos ali na orla da clareira, querendo voltar, cheios de curiosidade e espanto, mas com medo de nos arriscar. Ele continuou a suplicar, num tom de voz muito persuasivo. E quando vimos que o cachimbo não explodia nem nada acontecia, pouco a pouco ganhamos confiança e por fim a curiosidade foi mais forte do que o medo e nos arriscamos a voltar. Mas muito devagar, prontos para fugir ao primeiro sinal de alarme.

Ele estava decidido a nos tranquilizar e tinha todo o jeito para fazer isso. Ninguém consegue ficar cheio de medo ou dúvida diante de uma criatura tão sincera, simples e gentil, que fala de um jeito tão sedutor como ele fazia. É, ele nos cativou de verdade. Não passou muito tempo e nós três já estávamos à vontade, sossegados e tagarelas. E felizes por ter arrumado aquele novo amigo. Depois que o constrangimento inicial se dissipou, nós lhe perguntamos onde tinha aprendido a fazer aquele truque estranho e ele respondeu que não tinha aprendido; era um dom natural seu, como outros dons, outros dons muito curiosos.

– Quais?
– Ah, muitos. Nem sei quantos.
– Você mostra mais um desses truques? – perguntou um de nós.
– É, por favor! – insistiu outro.

— Vocês não vão fugir de novo?
— Não. Nós juramos. Por favor!
— Certo, com todo prazer. Mas não se esqueçam da promessa.

Juramos cumprir a promessa de não fugir e então ele foi até uma poça ali perto e voltou trazendo um pouco de água dentro de uma taça feita com uma folha larga. Soprou na água e jogou a folha fora. Na palma de sua mão, havia agora um pedaço de gelo com a forma da taça. Ficamos espantados e encantados, mas não com medo. Sentíamos uma imensa felicidade por estar ali e lhe pedimos para ir em frente e fazer algumas outras coisas. E ele fez. Disse que nos daria qualquer fruta que quiséssemos, fosse da estação ou não. Gritamos ao mesmo tempo:

— Laranja!
— Maçã!
— Um cacho de uvas!
— Estão nos seus bolsos — disse ele.

E era verdade. E frutas de primeira qualidade. Comemos e ficamos querendo mais, só que nenhum de nós disse isso em voz alta.

— Vocês vão encontrar mais frutas no mesmo lugar onde encontraram essas — disse ele — e tudo o que tiverem vontade de comer. Não precisam dizer o nome da coisa que querem. Enquanto eu estiver com vocês, basta querer e é só pegar.

Ele falava a verdade. Nunca houve nada tão maravilhoso e interessante. Pãezinhos, tortas, doces, nozes, tudo o que a gente queria estava ali. Ele não comeu nada, só ficou sentado conversando e fazendo uma coisa curiosa atrás da outra para nos divertir. Pegou a argila e modelou um pequenino esquilo de brinquedo. Aí o esquilo correu para cima de uma árvore e ficou empoleirado num ramo bem alto, guinchando para nós. Então ele modelou um cachorro que não era muito maior do que um rato. O cachorro farejou o esquilo e ficou saltando em volta da árvore, excitado, latindo, tão vivo quanto qualquer outro cachorro. Espantou o esquilo de uma árvore para outra e o seguiu até que os dois sumiram da nossa vista dentro da floresta. O rapaz modelou pássaros de argila e os soltou, e eles voaram, cantando.

Por fim criei coragem e lhe pedi para nos dizer quem era.

– Um anjo – respondeu com toda simplicidade enquanto soltava outro pássaro e batia palmas para fazê-lo voar.

Ficamos de queixo caído ao ouvir aquilo e sentimos medo novamente. Mas ele disse que a gente não precisava se preocupar. Não havia razão para ter medo de um anjo e, de todo modo, ele gostava de nós. Continuou conversando com a simplicidade e naturalidade de sempre e, enquanto falava, fez uma multidão de homenzinhos e mulherzinhas do tamanho do meu dedo. Aquelas criaturinhas começaram a trabalhar diligentemente, limpando e nivelando um espaço de grama com uns dois metros quadrados e depois começaram a construir um pequeno castelo. As mulherzinhas misturavam a argamassa, botavam em baldes, punham os baldes sobre a cabeça e os levavam até o alto dos andaimes; exatamente como sempre fizeram as nossas operárias. Os homenzinhos assentavam os tijolos – quinhentas criaturinhas de brinquedo enxameando apressadas de um lado para o outro, trabalhando duro e limpando o suor do rosto exatamente como na vida real. O medo logo desapareceu diante do interesse e da empolgação que sentimos observando aquelas quinhentas criaturinhas levantarem o castelo passo a passo, tijolo por tijolo, dando-lhe forma e simetria. Logo estávamos novamente à vontade. Perguntamos se também podíamos fazer algumas pessoas e ele disse que sim. Mandou Seppi fazer canhões para os muros do castelo; mandou Nikolaus fazer os alabardeiros, com seus elmos, couraças e grevas; mandou Theodor – eu – fazer os cavaleiros e seus cavalos. Ao nos distribuir essas tarefas, ele chamou a cada um de nós pelo nome, mas não disse como foi que soube nossos nomes. Então Seppi lhe perguntou qual era seu nome e ele, tranquilo, respondeu "Satã" e estendeu uma lasca de madeira para apanhar no ar uma mulherzinha que estava caindo do andaime. Colocou-a de volta no seu lugar e disse:

– Mas que boba! Vê se olha onde pisa!

Pegou-nos de surpresa, aquele nome. Ah, pegou-nos de surpresa e nosso trabalho nos escapou das mãos e se quebrou – um canhão, um alabardeiro e um cavalo. Satã riu e perguntou qual era o problema.

– Nada, só que parece um nome bem esquisito para um anjo – respondi.

– Esquisito por quê?

– Bem, porque... ahn, bem, você sabe, é o nome *dele*.

– Ah, sei. Ele é meu tio.

Ele disse isso com a maior calma do mundo, mas nos tirou o fôlego por um momento e fez nossos corações dispararem. Ele pareceu não perceber, com um toque da mão consertou o canhão, o alabardeiro e o cavalo, entregou-nos prontinhos e então disse:

— Vocês por acaso esqueceram que ele também já foi um anjo?

— Sim, é verdade — respondeu Seppi. — Eu não tinha pensado nisso.

— Antes da Queda ele era perfeito.

— Era sim — disse Nikolaus. — Ele era sem pecado.

— É uma boa família, a nossa — disse Satã. — Não tem família melhor. Ele é o único membro da família que pecou.

Acho que não sou capaz de fazer você entender como tudo aquilo era excitante. Sabe aquele tipo de arrepio que corre pelo corpo todo quando a gente está vendo uma coisa tão estranha, tão mágica, tão maravilhosa que só o fato de estar vivo e olhar para ela já parece o mais fabuloso milagre? Sabe aquela hora que você arregala os olhos, sua boca fica seca e o ar preso na garganta, mas você quer mesmo é estar bem ali e não em nenhum outro lugar do mundo? Eu estava louco para fazer uma pergunta (ela estava na ponta da minha língua e eu mal podia segurá-la), mas tinha vergonha de perguntar. Podia parecer falta de educação. Satã terminou de fazer um boi, colocou-o no chão e sorriu para mim:

– Não, não seria falta de educação e, mesmo que fosse, eu perdoava. Se eu já vi meu tio? Claro, milhões de vezes. Desde a época em que eu não passava de um moleque de mil anos de idade, sempre fui o segundo favorito dele entre os anjinhos do nosso sangue e linhagem, para usar uma expressão humana. Sim, desde aquela época até a Queda, há uns oito mil anos, pelo modo como vocês contam a passagem do tempo.

– Oito... mil... anos?

– Sim.

Ele voltou-se para Seppi e continuou como se respondesse a alguma coisa que estava na mente de Seppi:

— Claro que eu pareço um menino, porque é isso que eu sou. Entre nós, isso que vocês chamam de tempo é uma coisa muito ampla. Leva um "tempo" imenso para um anjo crescer e ficar adulto.

Havia uma pergunta na minha mente e ele voltou-se para mim e respondeu:

— Eu tenho dezesseis mil anos de idade, pela contagem de vocês.

Depois virou-se para Nikolaus e disse:

— Não, a Queda não afetou a mim nem ao resto da família. Foi só ele, aquele de quem ganhei o nome, que provou o fruto da Árvore e então enganou com esse fruto o Homem e a Mulher. Nós, os outros, ainda não conhecemos o pecado. Não somos capazes de cometer um pecado. Somos sem mácula e permaneceremos para sempre neste estado. Nós não podemos...

Dois dos pequeninos operários tinham começado a discutir. Com suas vozinhas estridentes que mais pareciam zumbido de abelhas, falavam palavrões e se xingavam. Logo trocaram socos e o sangue jorrou. E então se engalfinharam num corpoacorpo de vida ou morte. Satã estendeu a mão e esmigalhou os dois com o dedo, jogou os restos longe, limpou o vermelho dos dedos com o lenço e retomou a conversa exatamente onde tinha parado:

– Nós não podemos praticar o mal nem temos inclinação para o mal, porque não sabemos o que é o mal.

Parecia um discurso bem estranho naquelas circunstâncias, mas nem percebemos porque ficamos chocados e angustiados diante do assassinato injustificável que ele cometeu – porque aquilo foi um assassinato, esta é a palavra certa, sem atenuantes nem desculpa. Aqueles homenzinhos nada haviam feito contra ele. Nós nos sentimos infelizes porque gostávamos dele, o achávamos nobre, belo e gracioso, acreditávamos honestamente que era um anjo. E agora ele cometia aquele ato cruel, isso o rebaixava, e nós que estávamos tão orgulhosos dele! Ele continuou falando como se nada tivesse acontecido, contando suas viagens e as coisas interessantes que viu nos imensos mundos do nosso sistema solar e de outros sistemas solares nos confins da vastidão do espaço. Falou sobre os costumes dos imortais que habitam aqueles mundos, de certo modo nos fascinando, enfeitiçando, seduzindo, apesar da cena dolorosa que agora ocorria sob nossos olhos: as viúvas dos dois homenzinhos mortos encontraram os corpos esmagados e informes, e choravam sobre eles, soluçando e lamentando. Um padrezinho ajoelhou-se com as mãos cruzadas sobre o peito, em oração. Uma multidão de amigos entristecidos aglomerou-se em volta deles, com as cabeças reverentemente descobertas e abaixadas. Muitos choravam. Uma cena dolorosa à qual Satã não prestava a mínima atenção até que aquele zumbido de choros e rezas começou a irritá-lo. Aí ele estendeu a mão e pegou a tábua pesada que servia de assento ao nosso balanço e deu com ela em cima de toda aquela gente, esmagando-os como se fossem moscas, e continuou a conversar como antes.

Um anjo, e matou um padre! Um anjo que nem sabia o que era o pecado destruindo a sangue frio centenas de pobres homens e mulheres indefesos que nunca lhe fizeram nenhum mal! Ficamos enjoados só de ver aquele ato terrível e pensar que nenhum daqueles infelizes, exceto o padre, estava preparado para morrer, pois nenhum deles nunca tinha ido à missa ou sequer visto uma igreja. E nós fomos testemunhas; vimos os assassinatos serem cometidos e era nosso dever denunciá-lo e deixar que a Lei seguisse seu curso.

Mas ele continuou falando e novamente nos enfeitiçou com a fatal musicalidade de sua voz. Fez-nos esquecer tudo aquilo. Nós só podíamos ouvi-lo, amá-lo e ser seus escravos, deixá-lo fazer de nós o que bem entendesse. Ele nos embriagou com a alegria de estar a seu lado, contemplar o paraíso de seus olhos e sentir o êxtase que corria em nossas veias ao tocar sua mão.

 Estranho vira todas as coisas do mundo, estivera em toda parte, tudo conhecera e nada esquecera. O que os outros precisavam estudar, ele aprendia num relance. Para ele, não havia dificuldades. E ele fazia as coisas criarem vida diante dos nossos olhos quando nos falava delas. Ele viu o mundo ser feito; viu Adão ser criado; viu Sansão empurrar os pilares e fazer o templo desmoronar à sua volta; viu a morte de César; falava da vida cotidiana no Paraíso; viu os danados se contorcendo nas chamas do Inferno. Ele nos fez ver todas essas coisas e era como se estivéssemos lá, olhando com os nossos próprios olhos. E as sentíamos também. Mas, para ele, essas coisas pareciam não ser nada mais que simples diversão. Aquelas visões do Inferno, aquelas pobres crianças, mulheres e moças, rapazes e homens gritando e suplicando em angústia, não, nós mal conseguíamos suportar aquelas visões, mas ele permanecia tão sereno como se se tratasse de ratinhos de madeira numa fogueira artificial.

Sempre que ele falava dos homens e mulheres aqui da Terra e de seus atos, mesmo os mais grandiosos e sublimes, ficávamos secretamente envergonhados, pois seu jeito mostrava que, para ele, nem o ser humano nem seus atos tinham a menor importância. Se você não soubesse do que ele estava falando, podia até pensar que falava de moscas. Uma vez ele chegou a dizer com todas as palavras que as pessoas aqui embaixo lhe despertavam o interesse, apesar de sermos tolos, ignorantes, superficiais, presunçosos, corruptos e fracos; na verdade, um perfeito bando de medíocres e inúteis miseráveis. Ele disse isso de um modo bem natural e sem amargura, assim como você falaria de tijolos, esterco ou qualquer outra coisa insignificante e sem sentimentos. Eu percebi que ele não tinha intenção de nos ofender, mas, lá no fundo da minha mente, considerei esses comentários como prova de falta de educação.

– Educação! – disse ele. – Ora, o que eu disse é a pura verdade. Falar a verdade é educação. Falta de educação é inventar. Olhem, o castelo está pronto. Gostaram?

Qualquer um teria gostado. O castelo era lindo. Uma delicada obra de arte. Tinha uma sutil perfeição até nos mínimos detalhes, como nos pequeninos estandartes ondulando nos torreões. Satã disse que agora devíamos colocar a artilharia em seu lugar, pôr em forma os alabardeiros e fazer desfilar a cavalaria. Nossos pequeninos soldados e cavalos eram uma tristeza, bem diferentes de como deveriam ser. Claro, nenhum de nós três tinha o mínimo talento para esse tipo de coisa. Satã disse que eram os piores que já tinha visto. E quando ele tocou nossos cavalinhos e lhes deu vida, os coitados começaram a trotar do jeito mais ridículo do mundo porque suas patas não tinham todas o mesmo comprimento. Cambaleavam e se estatelavam por todo lado, como se estivessem bêbados, pondo em perigo a vida daqueles homenzinhos, até finalmente caírem por terra e lá ficarem indefesos, chutando o ar com as patas aleijadas. Caímos na gargalhada, embora fosse uma cena vergonhosa. Os canhões estavam carregados com terra para uma salva de balas, mas eram tão tortos e malfeitos que explodiram ao primeiro disparo e mataram alguns dos artilheiros e aleijaram os outros. Satã disse que, se quiséssemos, podíamos ter agora uma tempestade e um terremoto, só que devíamos nos afastar um pouco e ficar fora de perigo. Tentamos avisar aquelas pessoas para saírem dali, mas Satã disse para não nos preocuparmos com elas; não tinham a menor importância e poderíamos fazer outras a qualquer hora, se precisássemos delas.

Uma pequena nuvem negra de tempestade começou a se formar atrás do castelo, com raios e relâmpagos em miniatura. O chão se pôs a tremer. O vento assobiava e uivava. A chuva caiu. As pessoas correram a se refugiar no castelo. A nuvem foi ficando cada vez mais escura e envolveu todo o castelo, tanto que mal podíamos vê-lo. Os raios caíam um após o outro. Atingiram o castelo, e o incêndio começou. As chamas se alastraram, vermelhas e fortes, através da nuvem de tempestade, enquanto os homenzinhos corriam para fora, soltando gritos apavorados, mas Satã os empurrou de volta, sem prestar a mínima atenção às nossas súplicas e lágrimas. Em meio aos uivos do vento e às saraivadas de raios, o paiol de pólvora explodiu. O terremoto rasgou a crosta da terra e os destroços do castelo caíram no fundo daquele abismo que o engoliu e se fechou sobre ele, com todas aquelas vidas inocentes. Nenhuma das quinhentas infelizes criaturinhas escapou. Com o coração partido, choramos.

— Não chorem — disse Satã. — Essa gente não valia nada.

— Mas eles foram para o Inferno!

— Ah, não faz mal. Podemos fazer muitos outros bonecos.

Era inútil tentar comovê-lo. É claro que ele não tinha nenhum sentimento e nunca poderia compreender. Estava cheio de animação, borbulhante de vida, alegre como se aquilo fosse um casamento e não um massacre perverso. Estava mais do que disposto a nos deixar tão alegres quanto ele e, é claro, sua magia realizou seu desejo. Para ele, isso não era problema; fazia o que queria com a gente. Logo depois estávamos dançando sobre aquele túmulo coletivo, com ele tocando um instrumento estranho e doce que tirara do bolso. Aquela música, ah, não existe música igual, a não ser talvez no Céu! Foi de lá que a trouxe, disse-nos ele. A música nos enlouquecia de prazer e não conseguíamos tirar os olhos de cima dele. O olhar que saía dos nossos olhos vinha direto do nosso coração, e sua linguagem muda transmitia adoração. A dança, ele também a trouxe do Céu, e a bem-aventurança do Paraíso estava nela.

Depois ele disse que precisava ir embora, tinha de cumprir uma missão. Não suportamos nem pensar nisso e nos agarramos a ele, suplicando que ficasse. Ele gostou disso, foi o que disse, e falou que não iria ainda. Ia ficar mais um pouco e nós podíamos sentar e conversar ainda por alguns minutos. Disse que Satã era o seu nome verdadeiro, mas só nós três sabíamos disso. Na presença de outras pessoas, deveríamos chamá-lo por outro nome que ele tinha escolhido, um nome bem comum, um nome que qualquer pessoa pode ter: Philip Traum.

Parecia um nome tão esquisito e bobo para uma criatura como ele! Mas essa era sua decisão e nós não dissemos nada. Sua decisão era suficiente.

Vimos maravilhas naquele dia. Na minha mente, comecei a imaginar o prazer que eu teria falado de tudo aquilo quando fosse para casa, mas ele percebeu esses pensamentos e disse:

– Não, tudo isso é um segredo entre nós quatro. Eu não me importo de vocês tentarem falar disso, se quiserem, mas vou proteger suas línguas para que nada deste segredo escape delas.

Foi uma decepção, mas nada podíamos fazer. Demos um longo suspiro. Ficamos conversando sobre coisas agradáveis, com ele sempre lendo os nossos pensamentos e lhes dando respostas. Eu achava que essa era a coisa mais miraculosa de todas as que ele fazia, mas ele interrompeu meus devaneios e disse:

– Pode ser miraculoso para você, mas não é miraculoso para mim. Eu não sou limitado como você. Eu não estou sujeito às restrições humanas. Posso medir e compreender suas fraquezas humanas porque as estudei, mas eu não as possuo. Minha carne não é real, mesmo que pareça sólida quando você a toca. Minhas roupas não são reais. Eu sou um espírito. O Padre Peter está chegando.

Olhamos em volta, mas não vimos ninguém.

– Ele ainda não está à vista, mas logo vocês o verão.

– Você conhece o Padre Peter, Satã?

– Não.

– Você não quer conversar com ele quando ele chegar? Ele não é ignorante e bobo que nem nós e ia gostar muito de conversar com você. Quer?

– Outra hora talvez, mas não agora. Preciso ir cumprir minha missão daqui a pouco. Ali está ele. Vocês já podem vê-lo. Fiquem quietos e não digam uma só palavra.

Levantamos os olhos e vimos o Padre Peter se aproximando através dos castanheiros. Nós três estávamos sentados lado a lado na grama, com Satã à nossa frente, bem no meio do caminho. O Padre Peter veio devagar em nossa direção, com a cabeça baixa, pensando, e parou a uns dois metros de nós. Tirou o chapéu, pegou o lenço de seda e ficou parado ali, esfregando o rosto, com jeito de que ia falar com a gente, mas não falou. Aí ele murmurou:

– Não consigo imaginar o que foi que me trouxe até aqui. Parece que eu estava no meu gabinete há um minuto... mas acho que sonhei acordado e andei todo esse caminho sem perceber. É, a minha vida anda tão difícil que não sou mais eu mesmo.

Ele continuou resmungando em voz baixa e caminhou direto através de Satã, como se não houvesse nada ali na grama. Prendemos a respiração, assustados. Tivemos o impulso de soltar um grito, como a gente sempre faz quando acontece alguma coisa assombrosa, mas algo misterioso nos conteve e ficamos quietos, só respirando acelerado. Logo depois as árvores esconderam o Padre Peter e Satã falou:

— É como eu disse a vocês. Sou apenas um espírito.

— Sim, agora deu de perceber — disse Nikolaus. — Mas nós três não somos espíritos. Está claro que ele não viu você, mas e nós? Estamos invisíveis também? O padre olhou direto para a gente, mas parece que não viu nada.

— Nenhum de nós estava visível para ele. Eu quis que fosse assim.

Parecia quase bom demais para ser verdade. Estávamos realmente vendo aquelas coisas românticas e maravilhosas, aquilo tudo não era um sonho. Ali estava ele, parecido com qualquer outro menino, tão natural, tão simples e encantador, conversando de novo como sempre, e, bem, as palavras não vão conseguir fazer você compreender o que sentíamos. Era um êxtase. E um êxtase é uma coisa que não cabe em palavras. Mais ou menos como a música: você não consegue "contar" uma música para outra pessoa e fazer com que ela a sinta. Satã voltava aos velhos tempos, fazendo a Antiguidade ganhar vida diante de nós. Ah, quantas e quantas coisas ele viu! Era espantoso olhar para ele e tentar imaginar o que significava ter toda aquela experiência nas costas.

Mas aquilo fazia a gente se sentir desgraçadamente comum, criaturinhas de um dia só. E um dia bem curto e insignificante! Ele não dizia nada que pudesse levantar nosso orgulho caído, nada, nem uma palavra. Sempre falava do ser humano do mesmo modo indiferente, como se falasse de tijolos, pilhas de esterco e coisas assim. Dava de ver que os homens não tinham a menor importância para ele, nem de um jeito nem de outro. Ele não tinha intenção de nos magoar, isso podíamos perceber. Assim como nós não temos a intenção de ofender um tijolo quando dizemos que ele não é de boa qualidade. As emoções de um tijolo não significam nada para nós. Nunca paramos para pensar se um tijolo tem ou não tem sentimentos.

Num certo momento, quando ele misturava nossos mais ilustres reis, conquistadores, poetas e profetas com piratas e mendigos, como se todos fossem tijolos numa pilha, eu senti vergonha e quis dizer uma palavrinha em favor do ser humano. Perguntei por que ele fazia tanta diferença entre os homens e ele próprio. Ele demorou para entender o sentido daquilo. Parecia não compreender como era possível eu fazer uma pergunta tão estranha. Depois disse:

— A diferença entre os homens e eu? A diferença entre um mortal e um imortal? Entre uma nuvem e um espírito?

Pegou um tatuzinho que rastejava num galho caído:

— Qual é a diferença entre Júlio César e este tatuzinho?

Eu respondi:

— Não se pode comparar coisas que não são comparáveis por sua própria natureza e pela distância que existe entre elas.

— Certo, você respondeu à sua própria pergunta. Vou explicar melhor. O homem é feito de pó, eu vi quando ele foi feito. Eu não sou feito de pó. O homem é um museu de doenças, um lar de impurezas. Ele surge hoje e se vai amanhã. Começa como pó e desaparece como podridão. Eu pertenço à aristocracia dos Imperecíveis. E mais, o homem tem o *Senso Moral*. Entenderam? *O homem tem o Senso Moral!* Só isso, por si, já é diferença bastante entre nós.

Calou-se, como se aquilo encerrasse o assunto. Fiquei triste, porque naquela época eu só tinha uma ideia muito vaga do que poderia ser o Senso Moral. Eu só sabia que sentíamos orgulho de ter o Senso Moral. E quando ele falava daquele jeito sobre o Senso Moral, eu me sentia ferido, exatamente como a moça que pensa que seus melhores enfeites estão sendo admirados e então percebe que os outros estão rindo dela. Ficamos quietos por um instante, eu me sentindo profundamente deprimido. Depois Satã começou a falar de novo e logo borbulhava numa veia tão alegre e animada que meu estado de ânimo voltou a subir. Ele nos contou casos engraçados que provocaram tempestades de gargalhadas. Quando falou do dia em que Sansão amarrou tochas no rabo das raposas e as soltou no milharal dos filisteus, ficando lá sentado na cerca, rindo e dando tapas nas coxas, rindo até os olhos se encherem de lágrimas, e rindo tanto que perdeu o equilíbrio e caiu da cerca, a lembrança daquela cena o fez rir também. Como nós quatro rimos de Sansão e dos filisteus, como foi gostoso! Depois ele disse:

— Agora preciso ir cumprir minha missão.

— Não vá! — gritamos nós três. — Não vá, fique com a gente. Você não vai voltar.

— Volto, sim. Dou minha palavra.

— Quando? Hoje à noite? Diga quando!

— Não demora, vocês vão ver.

— Nós gostamos de você.

— E eu de vocês. E como prova disso vou lhes mostrar uma coisa extraordinária. Geralmente eu apenas desapareço quando vou embora, mas hoje eu vou me dissolver e deixo vocês verem.

Ele se pôs de pé, e tudo acabou num instante. Ele foi se desvanecendo e se desvanecendo até que era uma bolha de sabão, só que conservava a forma. A gente podia ver os arbustos através dele, com tanta clareza como vê as coisas através de uma bolha de sabão. Em volta dele, as delicadas cores iridescentes da bolha se moviam e brilhavam, e junto com elas havia aquela coisa em forma de caixilho de janela que a gente sempre vê sobre o globo da bolha. Todo mundo já viu uma bolha de sabão bater no solo e saltar suavemente duas ou três vezes antes de estourar. Foi isso que ele fez. Pulou, tocou a grama, saltou, flutuou, tocou a grama, e assim por diante até rebentar. Pluft! e em seu lugar não havia mais nada.

Foi um espetáculo estranho e lindo. Não dissemos uma única palavra, só ficamos ali sentados, pensando, sonhando e batendo as pálpebras. Finalmente Seppi se pôs de pé e disse com um suspiro triste:

– Acho que nada disso aconteceu.

Nikolaus se benzeu e disse mais ou menos a mesma coisa.

Eu me senti infeliz ouvindo os dois dizerem isso, porque na minha mente estava aquele mesmo medo gélido. Então nós vimos o coitado do Padre Peter perambulando por ali, com a cabeça abaixada, procurando alguma coisa no chão.

Quando estava bem perto de nós, ele levantou os olhos e nos viu:

— Há quanto tempo estão aqui, meninos?

— Faz pouco, Padre.

— Então chegaram depois que eu passei por aqui e talvez possam me ajudar. Vocês subiram pela trilha?

— Sim, Padre.

— Bom, porque eu também subi pela trilha. Perdi minha bolsa. Não tinha muito nela, mas o pouco que tinha é muito para mim porque é tudo o que eu tenho. Será que vocês não viram minha bolsa por aí?

— Não, Padre, mas vamos ajudar o senhor a procurar.

— É exatamente o favor que eu ia lhes pedir. Mas, olhem só, ali está ela!

Não tínhamos notado, mas ali estava a bolsa, bem no lugar onde Satã se dissolveu, se é que ele se dissolveu mesmo e aquilo tudo não foi uma ilusão. O Padre Peter pegou a bolsa e pareceu muito surpreso.

— A bolsa é a minha, mas não o que tem dentro. Esta aqui está cheia e a minha era magra. A minha era leve, esta é pesada.

Ele abriu a bolsa: estava abarrotada, cheia

até a boca de moedas de ouro. Ele nos deixou encher os olhos. E é claro que olhamos até encher os olhos, porque nunca tínhamos visto tanto dinheiro junto. Abrimos a boca para dizer "Foi Satã que fez isso!", mas não saiu nenhum som. O caso, você vê, é que não podíamos dizer as coisas que Satã não queria que fossem ditas. Ele avisou que ia ser assim.

– Meninos, foram vocês que fizeram isso?

Caímos na gargalhada. E ele também, logo que percebeu como sua pergunta era boba.

– Quem andou por aqui?

Nossas bocas se abriram para responder, e abertas ficaram por um instante porque não podíamos dizer "Ninguém". Não era verdade. E a palavra certa não saía, até que me ocorreu uma boa resposta:

– Nenhum ser humano.

– Isso mesmo – confirmaram meus dois amigos e deixaram a boca se fechar.

– Isso não é verdade – disse o Padre Peter, lançando-nos um olhar severo. – Eu passei por aqui agora há pouco e não havia ninguém, mas isso não importa. O fato é que alguém esteve aqui depois que eu passei. Não estou querendo dizer que esse alguém não esteve aqui antes de vocês chegarem, nem que vocês o viram, mas tenho certeza de que alguém esteve aqui. Jurem para mim: vocês não viram ninguém?

– Nenhum ser humano.

– Isso é suficiente. Eu sei que vocês estão dizendo a verdade.

Ele começou a contar o dinheiro ali mesmo na trilha e nós, ansiosos, de joelhos na grama, o ajudamos a formar pequenas pilhas de moedas.

– Mil e cem ducados mais uns quebrados! Santo Deus! Ah, se fossem meus... preciso tanto deles!

Sua voz falhou e seus lábios tremeram. E nós gritamos numa só voz:

– São seus, Padre! É tudo seu, cada *heller* é seu!

– Não, isso não é meu. Quatro ducados me pertencem, mas o resto...

E aquela pobre alma caiu num profundo devaneio, com os dedos acariciando as moedas, esquecido de onde estava, agachado sobre os calcanhares com a velha cabeça branca descoberta. Dava dó.

– Não – disse ele despertando. – Isso não me pertence. Não tenho explicação. Acho que algum inimigo... deve ser uma armadilha.

— Padre Peter — disse Nikolaus — Fora o Astrólogo, o senhor não tem nenhum inimigo de verdade na aldeia. Nem a Marget. E nem mesmo um meio-inimigo rico o bastante para arriscar mil e cem ducados armando uma armadilha para o senhor. É verdade ou não é?

O Padre Peter não conseguiu contornar esse argumento e ficou mais animado.

— Mas, vejam, este dinheiro não é meu. Não, estas moedas não me pertencem.

Ele disse isso de um jeito meio ansioso, como quem não ficaria triste, muito pelo contrário, se alguém provasse que ele estava errado.

— É seu, Padre Peter, e nós somos testemunhas disso. Não somos, rapazes?

— Somos, sim. E vamos defender seus direitos, Padre.

— Deus os abençoe pelo bom coração. Quase me convenceram, quase mesmo. Se eu tivesse uns cem ducados, meu Deus! Minha casa está hipotecada por cem ducados e nós vamos ficar sem um teto sobre a cabeça se eu não pagar amanhã. E aqueles quatro ducados eram tudo que eu tinha no...

— O dinheiro é seu, Padre, todo seu e o senhor tem de pegá-lo. Nós somos testemunhas de que está tudo certo. Não é, Theodor? Não é, Seppi?

Seppi e eu confirmamos, e então Nikolaus enfiou as moedas de volta na velha bolsa esfarrapada do Padre Peter e obrigou seu dono a pegá-la. Aí o Padre Peter disse que ia usar duzentos ducados daquele dinheiro; era esse o valor da sua casa e seria como um empréstimo. O resto do dinheiro ficaria rendendo juros até aparecer o legítimo proprietário. Quanto a nós, assinaríamos um documento dizendo como ele conseguira o dinheiro, um documento que seria mostrado ao pessoal da aldeia como prova de que o Padre Peter não tinha usado de desonestidade para se safar dos seus problemas.

Não se falou de outra coisa no dia seguinte, quando o Padre Peter pagou Solomon Isaacs em ouro e deixou com ele o resto do dinheiro, rendendo juros. E também houve uma agradável mudança: muita gente apareceu em sua casa para cumprimentá-lo, velhos amigos que tinham esfriado relações voltaram a se mostrar gentis e amistosos, e o melhor de tudo, Marget foi convidada para uma festa.

Não havia mistério. O Padre Peter contou o caso todo exatamente como tinha acontecido e disse que não encontrava explicação, só podia mesmo pensar que foi a mão da Providência. Um ou dois sacudiram a cabeça e disseram lá com seus botões que aquilo mais parecia a mão de Satã, o que era, na verdade, um palpite extraordinariamente correto vindo daqueles ignorantes. Alguns vieram às escondidas, cochichando na nossa orelha e tentando nos convencer a "abrir o jogo e dizer a verdade", prometendo que não contariam a ninguém, só queriam matar a curiosidade porque aquilo tudo era mesmo muito estranho. Houve até quem quisesse comprar o segredo por bom preço. Gente mais esperta do que nós três teria inventado alguma lorota e ficado com o dinheiro deles, mas nenhum de nós três tinha cabeça boa o bastante. Pois é, perdemos a oportunidade e foi uma pena.

Esse segredinho nós guardamos sem o menor problema. Mas o outro – o grande segredo, o segredo esplêndido – queimava o fundo do nosso coração. Era um segredo que estava louco para escapar e nós queimávamos de vontade de tirá-lo para fora e encher todo mundo de espanto. Mas tínhamos de guardá-lo. Na verdade, o segredo guardava a si mesmo. Satã disse que ia ser assim e assim era. Nós três saíamos todo dia e ficávamos sozinhos no bosque para poder falar de Satã. Na verdade, aquele era o nosso único pensamento, a única coisa que nos importava. Dia e noite estávamos atentos, esperando que ele viesse, cada vez mais impacientes. Perdemos todo interesse pelos outros garotos da aldeia e não tomávamos mais parte em seus jogos e brincadeiras. Pareciam todos tão insípidos, depois de Satã. O que eles faziam parecia tão insignificante e banal, depois das aventuras de Satã na Antiguidade, depois das constelações, milagres, dissoluções e explosões, de tudo aquilo.

Durante o primeiro dia, estávamos ansiosos por causa de um pequeno detalhe e ficamos indo à casa do Padre Peter com um pretexto ou outro para verificar o assunto. Tratava-se das moedas de ouro. O nosso medo era que elas se desintegrassem e virassem pó, como acontece com todo dinheiro encantado. Se isso acontecesse... mas não aconteceu. No fim do dia, não ouvindo nenhuma queixa sobre o ouro, nos convencemos de que era ouro de verdade e tiramos aquela ansiedade da cabeça.

Havia uma pergunta que a gente queria fazer ao Padre Peter. Tiramos a sorte com três fiapos de palha e o sorteado fui eu. Finalmente fomos lá na segunda noite, um pouco acanhados, e eu perguntei com toda a naturalidade que podia, embora minha voz não soasse tão natural como eu queria, porque eu não sabia como fazer a pergunta de modo natural:

— O que é Senso Moral, Padre?

Surpreso, ele me olhou por cima dos óculos grandes e redondos e disse:

— Ora, é a faculdade que nos permite distinguir o bem do mal.

Isso lançou alguma luz, mas não iluminou coisa alguma. Eu me senti um pouco desapontado e também até certo ponto embaraçado. Ele esperava que eu prosseguisse e por isso, na falta de outra coisa para dizer, perguntei:

— E isso tem valor?

— Valor?! Santo Deus, menino! É o Senso Moral

que eleva o homem acima dos animais mortais e faz dele o herdeiro da imortalidade!

Não consegui lembrar de mais nada para dizer. Por isso, saí logo do gabinete, encontrei meus dois amigos à espera e fomos embora com aquela sensação indefinida de estar alimentado mas não saciado. Eles queriam que eu explicasse, mas eu estava cansado demais.

Atravessando a sala, vimos Marget na espineta dando aula para Marie Lueger. Ora, isso queria dizer que um dos alunos desertores estava de volta. E a pequena Lueger era das influentes, logo os outros a seguiriam. Marget pôs-se de pé num pulo, correu até nós e com os olhos cheios de lágrimas agradeceu-nos mais uma vez, já era a terceira, por salvar a ela e ao tio de serem atirados à rua. Repetimos que não fomos nós. Mas Marget era assim, nunca se cansava de agradecer o bem que lhe faziam, e por isso deixamos que falasse. Quando atravessamos o jardim, lá estava Wilhelm Meidling à espera. Começava a anoitecer e ele ia convidar Marget para um passeio à margem do rio logo que ela acabasse a lição. Wilhelm era um jovem advogado que estava se saindo muito bem e aos poucos ia abrindo seu caminho na vida. Ele gostava muito de Marget, e ela dele. Wilhelm não tinha desertado junto com os outros, não senhor, manteve-se fiel o tempo todo. Sua fidelidade a Marget e ao tio dela não se deixou abalar. Mesmo não sendo lá muito talentoso, era um rapaz bom e bonito, e essas qualidades, em si, são uma espécie de talento e ajudam bastante. Wilhelm nos perguntou quanto tempo faltava para acabar a lição de espineta e lhe dissemos que estava quase no fim. Talvez estivesse. Não fazíamos a menor ideia, mas achamos que isso o deixaria feliz. Deixou mesmo, e não nos custou nada.

No quarto dia, o Astrólogo saiu da velha torre arruinada e atravessou o vale. Parece que ele tinha ouvido as notícias. Teve uma conversa em particular com nós três e nós lhe dissemos tudo o que foi possível, porque morríamos de medo dele. Ele ficou pensando, pensando, por um tempo enorme e depois perguntou:

– Quantos ducados foi mesmo?

– Mil cento e sete, senhor.

E então ele murmurou, como se estivesse falando consigo mesmo:

– Muito interessante. Sim... muito estranho. Uma curiosa coincidência.

Começou de novo a nos fazer perguntas, repisando a história toda desde o começo, e nós respondendo. Lá pelas tantas, ele disse:

– Mil cento e seis ducados. É uma soma bem grande.

– Sete – corrigiu Seppi.

– Ah, sete, é? Claro que um ducado a mais ou a menos não tem importância, mas antes vocês disseram mil cento e seis ducados.

Não tínhamos coragem de dizer que ele estava enganado, mas ele sabia que estava. Nikolaus disse:

– Desculpe pelo engano, senhor, mas a gente quis dizer sete.

— Ah, não importa, garoto. Só que eu notei a discrepância. Já se passaram vários dias e ninguém pode esperar que vocês se lembrem de tudo com exatidão. Qualquer um corre o risco de se enganar quando não há nenhuma circunstância especial que grave o número na memória.

— Mas havia, sim senhor — retrucou Seppi mais que depressa.

— E qual era, filho? — perguntou o Astrólogo indiferente.

— Primeiro, todos nós contamos as pilhas de moedas, um de cada vez, e todas as contas batiam: mil cento e seis. Só que eu tinha tirado um ducado, de brincadeira, no começo da contagem e depois botei ele de volta e falei "Acho que tem um erro, aqui tem mil cento e sete, vamos contar tudo de novo". Aí a gente contou tudo de novo e é claro que estava certo. Os outros ficaram espantados, mas então eu contei o que tinha feito.

O Astrólogo perguntou a Nikolaus e a mim se aquilo era verdade e dissemos que sim.

— Isso resolve tudo — disse ele. — Agora eu sei quem é o ladrão. Meninos, o dinheiro foi roubado!

E então ele se foi, deixando nós três muito preocupados e loucos para saber o que ele queria dizer com aquilo. Uma hora depois, descobrimos. Uma hora depois, a aldeia toda estava sabendo que o Padre Peter tinha sido preso por roubar uma grande soma de dinheiro do Astrólogo. As línguas estavam soltas e em plena atividade. Muitos disseram que isso não combinava com o caráter do Padre Peter e devia ser um engano; mas outros sacudiram a cabeça e afirmaram que a miséria e a cobiça podiam levar um homem sofredor a quase tudo. Num detalhe todos concordavam: o relato do Padre Peter sobre o modo como o dinheiro viera parar em suas mãos era inacreditável – tinha jeito de coisa impossível. Diziam que seria compreensível o dinheiro ter ido parar daquele jeito nas mãos do Astrólogo, mas não nas mãos do Padre Peter, isso nunca! O caráter de nós três começou a ser atacado. Éramos as únicas testemunhas do Padre Peter; quanto ele nos teria pago para confirmarmos aquela história fantástica? As pessoas diziam essas coisas diante de nós com toda liberdade e franqueza, dando risadinhas zombeteiras quando a gente lhes suplicava para acreditarem que havíamos dito a verdade, a mais pura verdade. Nossos pais caíram em cima de nós com mais dureza que os outros. Diziam que éramos a desgraça da família, ordenaram-nos confessar nossa mentira e sua raiva não conheceu limites quando continuamos a afirmar ter falado a verdade. Nossas mães choraram e nos suplicaram para devolver o suborno, limpar a honestidade do nosso nome e salvar a família da vergonha, desistir daquilo e confessar honradamente. Por fim, tanto nos perturbaram e atormentaram que tentamos contar a história toda, Satã e todo o resto – mas não, as palavras simplesmente não saíam. O tempo todo a gente esperava e ansiava para que Satã aparecesse e nos ajudasse a sair daquele dilema, mas nem sinal dele.

Um hora depois que o Astrólogo falou conosco, o Padre Peter estava na prisão e o dinheiro lacrado e depositado nas mãos dos agentes da Lei. O dinheiro estava numa bolsa e Solomon Isaacs disse que não o tocara depois de tê-lo contado. Prestou juramento de que se tratava do mesmo dinheiro e que somava mil cento e sete ducados. O Padre Peter pediu para ser julgado por um tribunal eclesiástico, mas o outro, o Padre Adolf, disse que um tribunal eclesiástico não tinha jurisdição sobre um sacerdote suspenso. O Bispo confirmou. Isso resolveu tudo; o caso iria a julgamento num tribunal civil. O tribunal ainda demoraria um pouco para se reunir. Wilhelm Meidling apresentou-se como advogado do Padre Peter e jurou fazer o melhor que podia, mas nos confidenciou em particular que nosso lado estava fraco, enquanto todo o poder e preconceito do outro lado tornavam a situação muito ruim.

E assim a nova felicidade de Marget teve vida bem curta. Nenhum amigo apareceu para lhe oferecer o ombro, e nem ela esperava por isso. Uma nota anônima cancelava o convite para a festa. Os alunos de espineta suspenderam as aulas. Como iria ela ganhar seu sustento? Podia continuar vivendo na casa porque a hipoteca tinha sido paga, embora nesse momento o dinheiro estivesse nas mãos do Governo e não nas do infeliz Solomon Isaacs. A velha Úrsula, que era cozinheira, arrumadeira, governanta, lavadeira e tudo o mais para o Padre Peter, além de ter sido a babá de Marget na infância, disse que "o Senhor proverá". Mas disse isso por força do hábito, por ser uma boa cristã. O que ela pretendia era ajudar a prover, só para garantir, se pudesse achar um jeito.

Nós três queríamos visitar Marget e lhe demonstrar amizade, mas nossos pais tinham medo de ofender a comunidade e nos proibiram. O Astrólogo andava pela aldeia inflamando todo mundo contra o Padre Peter e dizendo que o coitado era um ladrão descarado que lhe roubara mil cento e sete ducados de ouro. Dizia que um único fato provava que o Padre Peter era um ladrão: aquela era exatamente a soma que ele, Astrólogo, tinha perdido e que o Padre Peter pretendia ter "achado".

Na tarde do quarto dia depois da catástrofe, a velha Úrsula apareceu na nossa casa pedindo roupa para lavar. Suplicou à minha mãe que não contasse a ninguém, para salvar o orgulho de Marget e também porque Marget nunca deixaria a velha criada lavar roupa para fora, mas a pobre moça já não tinha o suficiente para comer e ficava cada dia mais fraca. Úrsula também estava enfraquecendo, isso era fácil de ver. Minha mãe lhe ofereceu comida e ela devorou tudo como quem está morrendo de fome, mas não houve jeito de convencê-la a levar alguma coisa para casa, porque Marget nunca comeria o pão da caridade. Úrsula pegou algumas peças de roupa e desceu até o córrego para lavá-las, mas ficamos olhando pela janela e vimos que ela não tinha forças nem para carregar a tábua de bater. Nós a chamamos de volta e lhe oferecemos algum dinheiro, que ela teve medo de aceitar porque Marget poderia suspeitar. E então aceitou, dizendo que explicaria que tinha achado na rua. Para evitar uma mentira e a danação eterna da sua alma, ela me fez jogar o dinheiro na rua, enquanto ficava olhando e depois se aproximou e o encontrou, soltando um gritinho de surpresa e alegria. Pegou o dinheiro e seguiu seu caminho. Como o resto da aldeia, ela era capaz de dizer suas mentirinhas com toda facilidade e sem tomar qualquer precaução contra o Fogo & Enxofre; mas esse era um novo tipo de mentira, com um aspecto perigoso porque Úrsula não tinha prática nela. Depois de uma semana praticando, não teria nenhum problema. É assim que somos feitos.

Eu estava preocupado pensando na sobrevivência de Marget. Úrsula não poderia encontrar uma moeda na rua todo dia, talvez nem mesmo uma segunda moeda. Eu sentia vergonha porque não tinha ficado ao lado de Marget quando ela tanto precisava de amigos. Mas isso era culpa dos meus pais, não minha, e eu não podia fazer nada.

Eu seguia pela estrada, muito deprimido, quando uma sensação alegre, um formigamento refrescante me arrepiou o corpo todo. Fiquei feliz demais para poder falar, porque eu sabia que aquele era um sinal de que Satã estava por perto. Eu já tinha notado isso antes. No minuto seguinte ele estava ao meu lado e eu lhe contava todos os meus problemas e o que estava acontecendo com Marget e o tio dela. Conversando, dobramos uma curva do caminho e eu vi a velha Úrsula descansando à sombra de uma árvore, com uma gatinha vira-lata magricela no colo, acariciando-a. Eu lhe perguntei onde tinha achado a gatinha e Úrsula respondeu que ela saíra do bosque e a seguira. E disse que o animalzinho certamente não tinha mãe nem amigos e que ia levá-lo para casa e cuidar dele. Satã disse:

— Eu entendi que a senhora é muito pobre. A troco de que vai pegar outra boca para alimentar? Por que a senhora não dá a gata para uma pessoa rica?

Úrsula franziu o nariz e desafiou:

— Talvez você mesmo queira ficar com a gata. Deve ser rico, com essas roupas bonitas e esse ar fino.

Ela fungou:

— Dar a gatinha para os ricos... essa é boa! Os ricos não ligam para ninguém, só para eles mesmos. São só os pobres que têm sentimentos pelos pobres e os ajudam. Os pobres e Deus. Quanto a este bichinho, Deus proverá.

— O que faz a senhora pensar assim?

Os olhos de Úrsula fuzilaram de raiva.

— Porque eu sei! Nem um pardal cai ao chão sem que Ele veja.

— É, mas o pardal cai do mesmo modo. De que adianta ver o pardal cair?

Os queixos da velha Úrsula se agitaram, mas

ela não conseguiu dizer uma só palavra naquele instante, de tão horrorizada. Quando achou a língua, ela gritou:

— Vá cuidar da sua vida, engraçadinho, ou lhe dou umas boas cacetadas!

Eu nem conseguia falar de tanto medo. Eu sabia que, com suas ideias sobre a raça humana, Satã ia achar coisa sem importância liquidar a velha Úrsula, já que "havia muitas Úrsulas mais". Mas minha língua estava paralisada e eu não conseguia avisar a velha do perigo. Porém, nada aconteceu. Satã ficou tranquilo, tranquilo e indiferente. Eu acho que ele não poderia ser insultado por Úrsula, assim como um rei não pode ser insultado por um vira-bosta. A velha tinha pulado de pé quando gritou, e seu pulo mostrava todo o vigor de uma mocinha. Já fazia muitos anos que ela não dava um pulo daqueles. Era influência de Satã. Ele era uma brisa refrescante para os fracos e os doentes, onde quer que fosse. Sua presença chegou a afetar até a gatinha magricela, que deslizou para o chão e começou a perseguir uma folha. Isso surpreendeu Úrsula e ela ficou olhando para o animalzinho, balançando a cabeça cheia de espanto, sua raiva esquecida.

— O que aconteceu com ela? Agora pouco mal conseguia andar.

— A senhora nunca viu um gato dessa raça antes — disse Satã.

Úrsula não tinha intenção de ser amistosa com aquele estranho zombeteiro. Lançou-lhe um olhar duro e replicou:

— Quem lhe pediu para vir aqui me aborrecer? E o que é que você sabe do que eu vi e do que eu não vi?

— A senhora nunca viu um gato com os espículos da língua voltados para a frente, viu?

— Eu não. E nem você.

— Bem, senhora, examine esta gatinha e veja por si mesma.

Úrsula tinha se tornado bem ágil, mas a gatinha ficara ainda mais ágil, e ela não conseguiu pegá-la e teve de desistir. Então Satã disse:

— Dê-lhe um nome e talvez ela venha.

Úrsula tentou diversos nomes, mas a gatinha não mostrou interesse.

— Tente *Agnes*.

O animalzinho atendeu ao chamado e veio. Úrsula examinou sua língua.

— Palavra de honra, é verdade! Eu nunca tinha visto esse tipo de gato antes. Ela é sua?

— Não.

— Então como é que você sabia o nome dela tão em boa hora?

— Porque todas as gatas desta raça têm o nome de Agnes. Elas não atendem por nenhum outro nome.

Úrsula estava impressionada.

— Que maravilha!

E então uma sombra de perturbação cobriu seu rosto, pois suas superstições tinham despertado e ela relutantemente pôs o animalzinho no chão, dizendo:

— Acho que não posso ficar com ela, não que eu tenha medo, não é bem isso, mas o padre... bem, eu ouvi dizer que umas pessoas, na verdade, muitas pessoas... e depois, a gatinha está boa agora e pode cuidar de si mesma.

Ela suspirou e virou-se para ir embora, murmurando:

— Mas é tão engraçadinha e ia me fazer companhia, a casa está tão triste e vazia nestes dias perturbados, a patroazinha tão chorosa, uma sombra. E o velho patrão trancado na cadeia.

— É uma pena a senhora não ficar com a gatinha — disse Satã.

Úrsula virou-se depressa, como se estivesse apenas esperando que alguém a encorajasse.

— Por quê? — perguntou, ansiosa.

— Porque esta raça traz sorte.

— Traz mesmo? Verdade? Mocinho, como é que você sabe disso? Como é que essa raça traz sorte?

— Bem, traz dinheiro, pelo menos.

Úrsula pareceu desapontada.

— Dinheiro? Um gato que traz dinheiro? Que ideia! Eu nunca poderia vender o gato aqui. As pessoas não compram gatos por aqui, não aceitam nem de graça.

Ela se virou para ir embora.

— Eu não quero dizer vender a gata. Eu quero dizer ter uma fonte de renda com ela. Esta espécie é chamada Gato da Sorte. Seu dono encontra quatro *groschen* de prata no bolso toda manhã.

Eu vi a indignação crescer no rosto da velha. Ela se sentia insultada. "Este menino está se divertindo às minhas custas", foi seu pensamento. Ela enfiou as mãos nos bolsos e se preparou para lhe dar uma lição. Estava furiosa, e violenta. Sua boca se abriu e saíram as três primeiras palavras de uma frase ácida... e então sua boca se fechou, a raiva em seu rosto transformou-se em surpresa, espanto, medo ou alguma outra coisa, e ela lentamente tirou as mãos dos bolsos, abriu-as e as estendeu. Numa estava a moeda de ouro que eu lhe dera; na outra, quatro *groschen* de prata. Ela olhou por um momento, talvez para ver se os *groschen* desapareciam. Depois disse, muito emocionada:

— É verdade! É verdade! Eu estou envergonhada e peço perdão, ó meu mestre e benfeitor!

Correu até Satã e beijou-lhe a mão, muitas e muitas vezes, conforme o costume austríaco.

No fundo do coração, ela provavelmente acreditava que a gata era enfeitiçada e tinha parte com o Demônio. Mas isso não importava, o certo era que podia trazer dinheiro e proporcionar uma boa vida à família; pois em questões de finanças, mesmo o mais piedoso dos nossos camponeses teria mais confiança num compromisso com o Demônio do que com um Arcanjo. Úrsula correu para casa, com Agnes nos braços, e eu disse que gostaria de ter a sorte dela de poder ver Marget.

Perdi o folego, porque lá estávamos. Lá no parlatório, com Marget nos olhando espantada. Ela estava fraca e pálida, mas eu sabia que aquele estado não duraria na atmosfera de Satã. E foi o que aconteceu. Apresentei-lhe Satã – quer dizer, Philip Traum – e nos sentamos para conversar. Não havia nenhum constrangimento. Éramos pessoas simples, na nossa aldeia, e quando um estranho era pessoa agradável, logo fazíamos amizade. Marget perguntou como tínhamos entrado sem que ela nos ouvisse. Philip Traum disse que a porta estava aberta, nós entramos e esperamos ela se virar e nos cumprimentar. Isso não era verdade. Não havia nenhuma porta aberta. Entramos através das paredes ou do teto, descemos pela chaminé, ou de algum outro modo. Mas não importa, o que Satã queria que uma pessoa acreditasse, era certo a pessoa acreditar, e assim Marget se contentou com aquela explicação. Mesmo porque a parte principal de sua mente estava em Philip Traum, de todo modo; não conseguia tirar os olhos de cima dele, era tão bonito. Isso me alegrou e me encheu de orgulho. Eu tinha esperança de que ele se exibisse um pouco, mas ele não o fez. Parecia apenas interessado em fazer amizade e contar mentiras. Disse que era órfão. Marget ficou com pena dele. Lágrimas lhe vieram aos olhos. Ele disse que nunca tinha conhecido sua mamãe, porque ela morreu quando ele era pequenino. Disse que seu papai estava com a saúde abalada e não tinha nenhuma propriedade digna do nome – na verdade, nenhum bem de valor terreno –, mas que tinha um tio com negócios nos Trópicos, se saindo muito bem e controlando um monopólio. Era desse tio que ele recebia apoio. A simples menção de um tio bonzinho foi o bastante para Marget lembrar do seu próprio tio, e mais uma vez seus olhos se encheram de lágrimas. Ela disse ter a esperança de que o tio dela viesse a conhecer o tio dele, algum dia. Isso me fez estremecer. Philip Traum disse que também tinha essa esperança, e eu estremeci de novo.

— Talvez eles venham a se conhecer — disse Marget.
— Seu tio viaja muito?
— Ah, sim, pelo mundo todo. Ele tem negócios em toda parte.

Assim continuaram conversando e a pobre Marget esqueceu seu sofrimento por um instante, pelo menos. É provável que tenha sido a única hora realmente alegre e animada que ela teve naqueles últimos dias. Vi que ela gostava de Philip Traum, como eu sabia que ia acontecer. E quando ele lhe disse que estava estudando teologia e religião, percebi que ela gostou dele mais do que nunca. E quando ele prometeu que conseguiria fazê-la entrar na prisão para poder ver o tio, foi o clímax. Philip Traum disse que daria um presentinho aos guardas e que ela deveria ir sempre à noite, depois de escurecer, não dizer nada, "só mostre este papel para entrar, depois mostre de novo quando sair". Ele rabiscou uns sinais esquisitos no papel e deu-o a Marget. Ela ficou contentíssima e logo estava febril esperando o pôr-do-sol. Isso porque, naqueles tempos antigos e cruéis, não se permitia aos prisioneiros receber visitas dos amigos e às vezes eles passavam anos na prisão sem nunca verem um rosto amistoso. Eu achei que os sinais no papel eram um encantamento, os guardas não saberiam o que estavam fazendo e não teriam nenhuma lembrança depois. Era isso mesmo.

Úrsula enfiou a cabeça pela porta e disse:

– O jantar está servido, Dona Marget.

Então ela nos viu e pareceu assustada. Fez um sinal para eu me aproximar dela e me perguntou se eu tinha falado da gata a Marget. Quando eu disse que não, ela ficou aliviada e pediu para eu não falar nada: "se Dona Marget souber, vai pensar que é um gato do pecado e vai chamar o padre para purificar todos os dons do gato, e aí não vai ter mais dinheiro". Eu lhe disse que não ia falar nada e ela ficou contente. Comecei a me despedir de Marget, mas Satã interrompeu e comentou, sempre com toda polidez, que... bem, eu não me lembro das palavras, mas de todo modo ele praticamente se convidou para o jantar, e a mim também. É claro que Marget ficou terrivelmente embaraçada, porque ela não tinha nenhum motivo para imaginar que houvesse em casa metade da comida suficiente para alimentar um passarinho doente. Úrsula ouviu Satã e entrou direto na sala, nem um pouco satisfeita.

De início ela ficou espantada de ver Marget com uma aparência tão fresca e rosada, e disse isso. Depois ela falou na sua língua nativa, que era o boêmio, e disse, eu soube mais tarde, "Manda ele embora, Dona Marget, não tem comida que chegue."

Antes que Marget pudesse abrir a boca, Satã tomou a palavra e falou com Úrsula na sua própria língua, o que foi uma surpresa para ela e também para sua patroa:

— Eu não vi a senhora lá em embaixo na estrada agora há pouco?

— Sim, senhor.

— Ah, mas que bom. Vejo que a senhora está lembrada de mim.

Ele se aproximou de Úrsula e cochichou: "Eu lhe disse que é uma Gata da Sorte. Não se preocupe, ela proverá."

Foi como uma esponja apagando todas as ansiedades do quadro de sentimentos de Úrsula, e uma alegria profunda e financeira brilhou em seus olhos. O valor da gata estava aumentando. Já era mais do que tempo de Marget tomar conhecimento do convite de Satã e ela o fez do melhor modo que existe, o modo honesto que fazia parte de sua natureza. Disse que tinha pouco a oferecer, mas que éramos bem-vindos a partilhá-lo com ela.

Jantamos na cozinha, com Úrsula servindo à mesa. Na frigideira havia um peixinho, tostado, dourado e tentador, e qualquer um podia ver que Marget não esperava comida tão respeitável como aquela. Úrsula trouxe o peixe e Marget o dividiu entre os convidados, recusando-se a pegar uma parte para si mesma. Começou a dizer que hoje não sentia vontade de comer peixe, mas nem acabou a frase: viu que outro peixe tinha aparecido na frigideira. Ficou surpresa, mas não disse nada. Ela provavelmente pretendia mais tarde perguntar a Úrsula sobre isso. Houve outras surpresas: frango, caça, vinhos e frutas – coisas que faltavam naquela casa nos últimos tempos. Mas Marget não fez nenhum comentário e nem mais parecia surpresa, o que era influência de Satã, é claro. Satã falava o tempo todo, divertido, e fez as horas passarem com alegria e animação. Embora ele contasse muitas mentiras, não havia nele má intenção, porque era apenas um anjo e não podia ser diferente. Os anjos não distinguem o certo do errado; isso eu sabia, porque lembrava o que ele tinha dito a respeito. Ganhou o coração de Úrsula. Elogiou-a para Marget, confidencialmente, mas em voz alta o bastante para Úrsula ouvir. Disse que era uma ótima mulher, e esperava que um dia ela e seu tio se conhecessem. Logo Úrsula estava se requebrando e sorrindo à nossa volta, num ridículo jeito de menininha, alisando o avental e se ajeitando como uma tola galinha velha, fingindo o tempo todo que não ouvia o que Satã estava dizendo. Eu fiquei envergonhado, porque isso mostrava que nós éramos o que Satã nos considerava: uma raça tola e trivial. Satã disse que seu tio recebia com muita frequência e que o fato de ter uma mulher atraente presidindo suas festas duplicaria as atrações do lugar.

– Seu tio é um cavalheiro, não é? – perguntou Marget.

– Sim – disse Satã com indiferença. – Muitos até o cumprimentam pelo título de Príncipe, mas ele não faz questão disso. Para ele, o mérito pessoal é tudo, a posição não vale nada.

Minha mão estava pendurada ao lado da cadeira. Agnes se aproximou e me lambeu. Por esse ato, revelou-se um segredo. Comecei a dizer "É tudo um erro, ela é só uma gata comum, normal, os espículos da sua língua estão voltados para dentro e não para fora." Mas as palavras não saíram, porque não podiam sair. Satã sorriu para mim e eu entendi.

Quando escureceu, Marget colocou comida, vinho e frutas numa cestinha e correu até a prisão, enquanto Satã e eu caminhávamos na direção da minha casa. Eu estava pensando cá comigo que gostaria de ver como era o interior da prisão; Satã ouviu meus pensamentos e no momento seguinte estávamos dentro da prisão. Na câmara de torturas, disse Satã. O ecúleo estava ali, e os outros instrumentos, e havia uma ou duas lamparinas fumarentas penduradas nas paredes, ajudando a tornar o local sombrio e assustador. Havia prisioneiros ali, e também carrascos, mas como ninguém se deu conta de nós, significava que estávamos invisíveis. Um rapaz estava deitado, amarrado, e Satã disse que ele era suspeito de heresia, e os carrascos estavam a ponto de torturá-lo. Mandaram o rapaz se confessar culpado e ele disse que não podia, porque não era verdade. Então eles enfiaram lascas de madeira debaixo de suas unhas, e ele berrou de dor. Satã não se perturbou, mas eu não consegui suportar e tive de ser levado rapidamente dali. Eu estava quase desmaiando e enjoado, mas o ar fresco me revigorou e caminhamos para a minha casa. Eu disse que aquilo era uma coisa animalesca.

– Não, era uma coisa humana. Você não deve insultar os animais com o uso errado dessa palavra, eles não o merecem.

E continuou a falar coisas do mesmo gênero:

– É como a sua raça mesquinha, sempre mentindo, sempre clamando virtudes que não possui, sempre negando essas virtudes aos animais superiores, que são os únicos que as possuem. Nenhum animal jamais fez uma coisa cruel... isso é monopólio daqueles que têm o Senso Moral. Quando um animal inflige dor, ele o faz inocentemente. Ele não está errado. Para ele não existe o errado. E ele não inflige dor pelo prazer de infligi-la, só o homem faz isso. Inspirado por esse seu abastardado Senso Moral! Um senso cuja função é a de distinguir entre o certo e o errado, com liberdade de escolher qual deles praticará. Agora, que vantagem ele tira disso? Ele está sempre escolhendo, e nove vezes em cada dez ele prefere o errado. Não deveria haver nenhum errado. E, sem o Senso Moral, não haveria. Ainda assim, o homem é uma criatura tão irracional que não é capaz de perceber que o Senso Moral o degrada à camada mais baixa dos seres vivos e é uma posse vergonhosa. Você está se sentindo melhor? Quero lhe mostrar uma coisa.

Num instante estávamos numa cidade da França. Percorremos uma espécie de grande fábrica, onde homens, mulheres e crianças trabalhavam no calor e na sujeira, envoltos numa nuvem de pó. Vestiam andrajos e cambaleavam ao peso do trabalho, porque estavam exaustos e semimortos de fome, enfraquecidos e entorpecidos. Satã disse:

– Eis outro exemplo do Senso Moral. Os proprietários são ricos e muito virtuosos, mas o salário que pagam a estes seus pobres irmãos e irmãs é mal e mal o suficiente para impedi-los de cair mortos de fome. Eles trabalham quatorze horas por dia, do inverno ao verão, das seis da manhã às oito da noite, criancinhas inclusive. Vão e vêm dos chiqueiros onde moram, sete quilômetros na vinda e sete na ida, através da lama e do lodo, da chuva, neve, geada e tempestade, todo dia, entra ano e sai ano. Têm quatro horas de sono. Vivem em choças miseráveis, três famílias em um cômodo, num fedor e sujeira além da imaginação. A doença chega e eles morrem como moscas. Cometeram algum crime, estas coisas esquálidas? Não. O que fizeram para receber tal punição? Nada. Nada, exceto terem nascido nessa sua raça insensata. Você viu, lá na cadeia, como eles tratam os criminosos... agora está vendo como eles tratam os inocentes e os justos. A sua raça é lógica? Estes inocentes fedorentos vivem melhor do que aquele herege? Certamente que não. O castigo do herege é trivial comparado com o castigo destes inocentes. O herege, eles quebraram seus ossos na roda e o chicotearam até deixar seu corpo em tiras, e agora ele está morto e livre da sua preciosa raça. Mas estes pobres escravos aqui, eles vêm morrendo há anos, e alguns deles não escaparão da vida por muitos anos ainda. É o Senso Moral que ensina aos proprietários desta fábrica a diferença entre o certo e o errado, o resultado você está vendo. Eles pensam que são melhores que os cães. Ah, vocês são uma raça tão ilógica, tão irracional! Mesquinha, indizivelmente mesquinha!

Então ele abandonou toda seriedade e esforçou-se para nos ridicularizar, troçando do nosso orgulho por nossos feitos guerreiros, nossos grandes heróis, nossa fama imperecível, nossos poderosos reis, nossas antigas aristocracias, nossa história venerável, e riu e riu até que meu estômago virava só de ouvi-lo. Finalmente ficou um pouco mais sério e disse:

– Bem, afinal de contas, nem tudo é ridículo. Há algo patético quando lembro como são poucos os seus dias, como são infantis as suas pompas e as sombras que vocês são.

Tudo desapareceu de repente da minha visão e eu sabia o que isso significava. No momento seguinte caminhávamos por nossa aldeia e mais abaixo, no rio, eu via as luzes do Cervo Dourado piscando entre as árvores. Então ouvi um grito alegre: "Ele voltou!"

Era Seppi Wohlmeyer. Ele tinha sentido seu sangue pular e seu ânimo subir de um modo que só podia significar uma única coisa: Satã estava por perto, embora estivesse escuro demais para vê-lo. Seppi veio até nós e caminhamos juntos, e Seppi transbordava alegria como água da fonte. Parecia um apaixonado que tivesse reencontrado a namorada perdida. Seppi era um menino esperto e animado, tinha entusiasmo e expressão, bem ao contrário de Nikolaus e de mim. Ele estava fascinado pelo último grande mistério local: o desaparecimento de Hans Oppert, o vagabundo da aldeia. As pessoas estavam começando a ficar curiosas, disse ele. Não disse "ansiosas", curiosas apenas, era a palavra certa. Ninguém vira Hans nos últimos dois dias.

– Desde que ele fez aquela coisa animalesca, sabe?

– Que coisa animalesca?

Foi Satã quem perguntou.

— Bem, ele estava sempre batendo no cachorro, que era um bom cachorro e o único amigo dele, era fiel e amava o Hans, não fazia mal a ninguém. E dois dias atrás ele estava de novo batendo no cachorro com um pedaço de pau, por nada, só por prazer, e o cachorro uivava e gania. Theodor e eu pedimos para ele parar pelo amor de Deus, mas ele ameaçou a gente e bateu de novo no cachorro com tanta força que arrancou fora um olho dele, daí ele disse para nós, "Viu, estão satisfeitos agora? Foi isso que o bicho ganhou por causa de vocês meterem o bedelho onde não é da sua conta" e caiu na risada, aquele animal sem coração.

A voz de Seppi tremia de pena e de raiva. Eu imaginei o que Satã iria dizer, e foi exatamente o que ele disse.

— Aí está outro mau uso da palavra, uma calúnia vergonhosa. Os animais não agem assim, só os homens.

— Bom, de todo modo aquilo foi desumano.

— Não, Seppi, não foi desumano, foi humano, perfeitamente humano. Não é agradável ouvir você difamar os animais superiores atribuindo-lhes disposições das quais eles estão livres e que só são encontradas no coração humano. Nenhum dos animais superiores está maculado com a doença chamada Senso Moral. Purifique sua linguagem, Seppi, tire dela essas expressões falsas.

Satã falou num tom que, para ele, era severo e me arrependi de não ter avisado Seppi para ser mais cuidadoso com as palavras que usava. Eu sabia como ele estava se sentindo. Ele não queria ofender Satã, preferiria antes ofender toda a sua própria família. Houve um silêncio desconfortável, mas logo chegou alívio. O pobre cão surgiu, com o olho dependurado e caminhou direto para Satã, gemendo e soltando murmúrios entrecortados. Satã lhe respondeu do mesmo modo. Estava claro que eles conversavam na língua dos cachorros. Sentamos na grama, ao luar, porque as nuvens estavam agora se afastando, e Satã pôs no colo a cabeça do cachorro, colocou seu olho de volta no lugar, o cão ficou bom, abanou o rabo e lambeu a mão de Satã. Parecia agradecido e disse isso; eu sabia que ele estava dizendo isso, mesmo não entendendo os sons. Depois os dois conversaram mais um pouco e Satã falou:

– Ele diz que o dono estava bêbado.

Nós confirmamos:

– Sim, estava.

– E uma hora mais tarde ele caiu de um precipício perto da Pastagem do Penhasco.

— A gente conhece o lugar, fica a uns cinco quilômetros daqui.

— O cão foi várias vezes até a aldeia pedir às pessoas que fossem até lá, mas todo mundo o enxotou e ninguém lhe deu ouvidos.

Nós nos lembrávamos disso, mas não tínhamos entendido o que o cão queria.

— Ele só queria ajudar o homem que o maltratara, só pensava nisso, não comia nada nem pensava em comida. Ficou ao lado do dono durante duas noites. O que vocês acham da raça humana? O céu está reservado para vocês e este cão está excluído do céu, como dizem seus professores? Acham que a raça humana pode acrescentar alguma coisa ao estoque de moral e grandeza deste cão?

Ele falou com o cachorro, que pulou ansioso e feliz, parecendo pronto para receber ordens e impaciente para executá-las.

— Peguem alguns homens e sigam o cão, ele vai levar vocês até aquela carniça. E levem um padre junto para negociar o seguro, porque a morte está próxima.

Com estas palavras ele se desvaneceu, para nossa tristeza e desapontamento. Pegamos os homens e o Padre Adolf, fomos até a Pastagem do Penhasco e vimos o homem que tinha acabado de morrer. Ninguém se incomodou, exceto o cachorro. O cachorro gemeu e lamentou-se, lambeu o rosto do morto, desconsolado. Enterramos o homem ali mesmo, sem caixão, já que ele não tinha dinheiro nem amigos, exceto o cachorro. Se tivéssemos chegado uma hora antes, o padre teria tido tempo de enviar aquela pobre criatura para o céu, mas agora ele tinha ido para os fogos terríveis, onde queimaria para todo o sempre. Parecia uma tristeza que num mundo onde tantas pessoas têm dificuldade em ocupar seu tempo, uma mísera hora não tenha sido dedicada àquela pobre criatura que dela tanto precisava, e para quem teria feito a diferença entre a eterna alegria e a dor eterna. Isso dava uma ideia espantosa do valor de uma hora, e eu pensei que nunca mais desperdiçaria uma hora sem remorso e terror. Seppi estava deprimido e pesaroso, dizendo que devia ser bem melhor ser um cachorro e não correr tais riscos terríveis. Nós levamos o cachorro para casa e o conservamos como se fosse nosso. Seppi teve uma ideia fantástica quando estávamos a caminho: alegrou-nos e nos fez sentir bem melhor. Ele disse que, como o cão tinha perdoado ao homem que lhe fizera tanto mal, talvez Deus aceitasse aquela absolvição.

Foi uma semana bem monótona, aquela, porque Satã não voltou, não acontecia nada e nós meninos não podíamos nos aventurar a ir visitar Marget porque as noites eram de lua cheia e nossos pais teriam descoberto se tentássemos. Mas cruzamos com Úrsula umas duas vezes, passeando com a gata pelos prados além do rio, e soubemos por ela que as coisas estavam indo bem. Ela estava com roupas novas e alinhadas, e tinha um ar próspero. Os quatro *groschen* diários chegavam sem interrupção, mas não eram gastos em comidas, vinhos e coisas do gênero; disso a gatinha cuidava.

Marget suportava bastante bem o abandono e o isolamento, afinal de contas, e estava alegre por causa do apoio de Wilhelm Meidling. Ela passava uma ou duas horas toda noite na cadeia com seu tio, e o engordava com as contribuições da gata. Mas estava curiosa para saber mais de Philip Traum e esperava que eu o levasse de novo à sua casa. Úrsula também estava curiosa a respeito dele, e fez muitas perguntas sobre seu tio. Isso fez os meninos darem risada, porque eu lhes contara os absurdos que Satã tinha lhe impingido. Ela não obtinha respostas de nós, uma vez que nossas línguas estavam atadas.

Úrsula nos contou a novidade: como o dinheiro agora era bastante, ela tinha contratado um molecote para ajudá-la na casa e fazer pequenas tarefas. Ela tentou contar isso com naturalidade, como se fosse coisa comum, mas estava tão orgulhosa e vaidosa que parecia claramente transpirar orgulho. Era lindo ver seu velado prazer naquela grandeza, a pobre coitada, mas quando ouvimos o nome do criado ficamos pensando se ela tinha sido inteligente. Pois, embora fôssemos jovens e muitas vezes precipitados, tínhamos uma boa percepção de certos assuntos. O molecote era Gottfried Narr, uma criatura pobre e embotada, sem qualquer maldade e nada contra si pessoalmente. Mas vivia sob uma nuvem escura, e isso é exato, porque não fazia ainda seis meses que uma praga social tinha atacado a família: sua avó fora queimada como feiticeira. Quando esse tipo de doença está no sangue, nem sempre desaparece com uma só fogueira. Aquele não era um bom momento para Úrsula e Marget se envolverem com um membro de tal família, porque durante o ano anterior a caça às bruxas tinha ficado mais intensa do que nunca, na memória dos aldeões mais velhos. A simples menção da palavra "feiticeira" bastava para aterrorizar a aldeia e fazer perder todo mundo a cabeça. Isso era muito natural, porque nos últimos anos tinha aparecido um número maior de bruxas do que costumava haver antes. Nos velhos tempos, as bruxas eram só mulheres velhas, mas ultimamente eram de todas as idades, até mesmo crianças de oito e nove anos. As coisas estavam ficando de tal jeito que qualquer um podia de repente virar parente do Diabo, idade e sexo não tinham nada a ver com o assunto. Na nossa pequena região tínhamos tentado eliminar de vez as feiticeiras, mas quantas mais queimávamos, mais outras tomavam seu lugar.

Certa vez, numa escola para moças a apenas vinte quilômetros daqui, os professores descobriram que as costas de uma das meninas estavam vermelhas e inflamadas. Ficaram aterrorizados, acreditando que era a marca do Diabo. A menina teve medo e lhes suplicou que não a denunciassem, dizendo que eram apenas picadas de pulgas. Mas é claro que o assunto não podia parar aí. Todas as alunas foram examinadas. Onze das cinquenta estavam bem marcadas, as outras menos. Uma comissão foi designada, mas as onze gritaram pelas mães e se recusaram a confessar. Foram encarceradas, cada uma sozinha, no escuro, e mantidas a pão preto e água durante dez dias e dez noites. No fim desse tempo, estavam macilentas e desvairadas, com os olhos secos; não choravam mais, só ficaram sentadas murmurando, sem querer se alimentar. Então uma delas confessou, dizendo que elas tinham voado muitas vezes pelos ares em cabos de vassoura até o Sabá das bruxas, e num lugar ermo lá no alto das montanhas tinham dançado, bebido e feito orgia com muitas centenas de outras bruxas e o Maligno, que todas tinham se comportado do modo mais escandaloso, insultando os padres e blasfemando contra Deus. Foi isso que a menina disse – não em forma de narrativa, porque ela não era capaz de lembrar nenhum dos detalhes a menos que os membros da Comissão a fizessem lembrar um depois do outro. Mas a Comissão ia lembrando, porque eles sabiam muito bem quais as perguntas que deviam fazer; todas as perguntas tinham sido escritas dois séculos antes, para uso das Comissões de caça às bruxas. Eles perguntavam,

"Você fez isto, isso e aquilo?" e a menina sempre dizia que sim, parecendo exausta e cansada, sem interesse por nada. Quando as outras dez souberam que ela tinha confessado, também confessaram, e responderam sim a todas as perguntas. Então elas foram queimadas vivas, todas juntas, o que era justo e certo, e todos nós da aldeia fomos assistir. Mas quando eu vi que uma delas era uma garotinha meiga e doce com quem eu costumava brincar, e parecia tão digna de dó lá acorrentada à estaca, com sua mãe abraçada nela, chorando e lhe dando beijos, agarrando-se ao seu pescoço e gritando, "Ai, meu Deus! ai, meu Deus!", era terrível demais, e eu fui embora.

Fazia um frio terrível quando a avó de Gottfried Narr foi queimada. Ela tinha sido acusada de curar dores de cabeça massageando a cabeça e o pescoço da pessoa com os dedos, como ela dizia, mas realmente com a ajuda do Diabo, como todo mundo sabia. Iam examiná-la, mas ela os deteve e confessou de imediato que seu poder vinha do Diabo. Ordenaram que fosse queimada na manhã seguinte, bem cedo, na praça do mercado. O homem encarregado da fogueira foi o primeiro a chegar, e preparou tudo. Ela chegou a seguir, trazida pelos soldados, que a deixaram lá e foram buscar outra feiticeira. Sua família não a acompanhou. Poderiam ser insultados, talvez apedrejados, se o povo se excitasse. Eu fui, e lhe dei uma maçã. Ela estava acocorada ao lado do fogo, se aquecendo e esperando, com os lábios e as mãos roxos de frio. Um estranho se aproximou. Era um viajante, de passagem, que falou gentilmente com ela. Vendo que só eu estava por perto e podia ouvi-lo, o estranho disse que sentia pena dela e lhe perguntou se o que ela tinha confessado era verdade, e ela disse que não. Ele pareceu surpreso, mais triste ainda, e lhe perguntou:

– Mas então por que a senhora confessou?

– É que eu sou velha e muito pobre e trabalho para ganhar a vida. Não tinha outro jeito senão confessar. Se eu não confessasse, eles me libertavam. Mas isso ia me arruinar, porque ninguém nunca iria esquecer que eu fui suspeita de ser uma bruxa, e aí eu não teria mais trabalho e onde eu fosse iam lançar os cachorros em cima de mim. Logo eu morria de fome. O fogo é melhor. Acaba num instante. Vocês foram bondosos comigo, vocês dois, e eu lhes agradeço.

Ela se chegou mais para perto do fogo e estendeu as mãos para aquecê-las, os flocos de neve caindo suave e silenciosamente sobre sua velha cabeça grisalha e tornando-a cada vez mais branca. A multidão estava se reunindo agora e um ovo voou no ar, atingindo-a num olho, quebrou-se e escorreu pelo seu rosto. Alguém riu.

Eu tinha contado a Satã tudo sobre as onze meninas e essa velha, certa vez, mas aquilo não o afetou. Ele só disse que era a raça humana e o que a raça humana fazia não tinha a menor importância. Disse que tinha visto a raça humana ser feita: não de argila, mas de lama; parte dela, pelo menos. Eu sabia o que ele queria dizer com isso: o Senso Moral. Ele viu o pensamento na minha cabeça, isso o encantou e lhe provocou uma risada. Então ele chamou um novilho no pasto, acariciou-o, conversou com ele e me disse:

— Aquele ali, ele nunca enlouqueceria crianças com a fome, o medo e a solidão, para depois queimá-las por terem confessado coisas inventadas que nunca aconteceram. Ele nunca partiria o coração de pobres velhas inocentes nem as faria ter medo de confiar em sua própria raça. Nunca as insultaria na hora de sua morte. Pois aquele novilho não está enodoado com o Senso Moral, ele é como os anjos, não conhece o mal e nunca o pratica.

Gentil como era, Satã podia ser cruelmente ofensivo quando queria. E ele sempre queria quando o assunto era a raça humana. Sempre torcia o nariz, nunca tinha uma palavra gentil a nosso favor.

Bem, como eu estava dizendo, nós meninos duvidamos de que fosse um bom momento para Úrsula empregar um membro da família Narr. Estávamos certos. Quando as pessoas descobriram, é claro que ficaram indignadas. Além disso, perguntavam, se Marget e Úrsula mal tinham o que comer, de onde vinha o dinheiro para alimentar mais uma boca? Isso é o que eles queriam saber. E, para descobrir, deixaram de evitar Gottfried e começaram a buscar sua companhia, a ter conversas amistosas com ele. Ele ficou encantado, sem pensar em nenhum mal nem ver a armadilha, falando de tudo com inocência sem ser mais discreto do que uma vaca.

– Dinheiro – dizia ele – elas têm montões de dinheiro! Elas me pagam dois *groschen* por semana, além de cama e mesa. E elas comem do bom e do melhor que há na Terra, isso eu digo, nem o próprio príncipe faz banquetes como elas.

Essa afirmação espantosa foi transmitida pelo Astrólogo ao Padre Adolf numa manhã de domingo, quando ele voltava da missa. O padre ficou profundamente impressionado e afirmou:

– O assunto precisa ser investigado.

Ele disse que devia haver bruxaria por trás de tudo e mandou os aldeões reatarem relações com Marget e Úrsula, de modo discreto, sem dar na vista, conservando os olhos bem abertos. Disse-lhes para guardarem para si as próprias opiniões e não despertarem as suspeitas da casa. Os aldeões, de início, estavam um pouco relutantes em entrar naquela casa enfeitiçada, mas o padre garantiu que eles teriam sua proteção enquanto estivessem lá e que nenhum mal poderia lhes ocorrer, especialmente se carregassem um pouquinho de água benta, tendo à mão os rosários e crucifixos. Isso os satisfez e lhes deu disposição para ir. A inveja e a malícia fizeram os mais sórdidos dentre eles ficarem ansiosos para ir.

Assim a pobre Marget começou a ter visitas de novo, e ficou tão encantada como um gato. Ela era como a maioria das pessoas, apenas humana, feliz em sua prosperidade, sem medo de mostrá-la ao mundo. Estava humanamente grata por ter um ombro apoiador ao seu lado, por voltar a receber os sorrisos de seus amigos e da aldeia. Pois, de todas as coisas duras de suportar, ser cortado pelos vizinhos e deixado em solidão desdenhosa talvez seja a mais dura.

As barreiras caíram e agora todos nós podíamos ir lá, e lá fomos nós, nossos pais e todo mundo, dia após dia. A gata começou a ser exigida ao máximo. Ela proporcionava o melhor de tudo para aquelas visitas, e em abundância, incluindo muitos pratos e muitos vinhos que nunca tinham sido provados antes, e dos quais ninguém nunca tinha ouvido falar, a não ser de segunda mão através dos servos do Príncipe. Também a louça era bem acima do comum.

Marget às vezes ficava perturbada e perseguia Úrsula com perguntas insistentes, mas a velha criada fez pé firme, sustentando que era a Providência e não dizendo uma só palavra sobre a gatinha. Marget sabia que nada era impossível para a Providência, mas não conseguia evitar algumas dúvidas sobre a origem de toda aquela abundância, embora tivesse medo de dizer isso para que não ocorresse um desastre. A bruxaria lhe ocorreu, mas ela pôs de lado essa ideia porque os prodígios tinham começado antes de Gottfried vir para a casa e ela sabia que Úrsula era piedosa e odiava as feiticeiras. Na época em que Gottfried chegou, a Providência estava estabelecida, inabalavelmente entrincheirada e recebendo toda a gratidão. A gatinha não dava um murmúrio, só prosseguia harmoniosamente, melhorando em estilo e prodigalidade com a experiência.

Em qualquer comunidade, grande ou pequena, há sempre uma boa proporção de pessoas que não são maliciosas ou cruéis por natureza, que nunca fazem coisas cruéis exceto quando dominadas pelo medo ou quando seu interesse pessoal está em jogo. Eseldorf tinha sua quota de tais pessoas. O mais comum era que sua influência boa e gentil fosse sentida, mas aqueles não eram tempos comuns – por causa do medo às bruxas – e por isso parece que, por assim dizer, não sobrara nenhum coração gentil e compassivo entre nós. Cada pessoa estava assustada com o inexplicável estado de coisas na casa de Marget, sem duvidar que a feitiçaria estivesse por baixo de tudo, e o medo enlouquecia a razão. É claro que havia alguns que lamentavam Marget e Úrsula pelo perigo que se avolumava em volta delas, mas não diziam nada. Não teria sido seguro. Assim, os outros tinham o caminho livre e não havia ninguém para aconselhar aquela menina ignorante e aquela velha tola, advertindo-as para mudarem suas atitudes. Nós garotos queríamos alertá-las, mas recuávamos quando chegava a hora, com medo. Descobrimos que não éramos viris o bastante, nem bravos o suficiente para praticar uma ação generosa quando havia uma chance de que ela nos trouxesse problemas. Nenhum de nós três confessava essa covardia aos outros, apenas fazíamos o que todo mundo teria feito, calar a boca e mudar de assunto. Eu sabia que nós três nos sentíamos mesquinhos, comendo e bebendo as iguarias de Marget junto com aquela turma de espiões, elogiando e cumprimentando junto com o resto, e nos censurando por ver quão tolamente feliz ela estava sem nunca dizermos uma palavra para pô-la em guarda. Ela, de fato, estava feliz, tão feliz como uma princesa, e grata por ter seus amigos de novo. E o tempo todo aquelas pessoas observavam com os olhos bem abertos, relatando tudo o que viam ao Padre Adolf.

Quanto ao Padre Adolf, ele não conseguia entender patavina daquela situação. Devia haver uma bruxa em algum lugar da casa, mas quem seria? Ninguém jamais vira Marget fazer qualquer passe de mágica, nem Úrsula, nem mesmo Gottfried. Ainda assim, os vinhos e petiscos nunca acabavam, e qualquer coisa que uma visita pedisse logo lhe era servida. Produzir esses efeitos era bastante usual entre bruxas e mágicos, esse aspecto do assunto não era novidade; mas fazer tal coisa sem qualquer encantamento, ou mesmo sem estrondos, terremotos, relâmpagos ou aparições, isso era novidade, insólito, totalmente irregular. Não havia nada igual nos livros. Coisas encantadas sempre foram irreais. Numa atmosfera livre de feitiços e encantamentos, o ouro do mago se torna pó e a comida feita pelas bruxas definha e desaparece. Mas esse teste fracassou no caso presente. Os espiões trouxeram amostras da comida servida na casa de Marget: o Padre Adolf rezou em cima delas, exorcizou-as, mas não adiantou; elas continuaram boas e reais, cedendo apenas à deterioração normal, levando o tempo normal para se estragar.

O Padre Adolf não estava apenas confuso, mas também exasperado, porque essas provas quase o convenciam de que não havia bruxaria no assunto. Mas não o convenciam totalmente, já que poderiam ser uma nova forma de feitiçaria. Havia um meio de descobrir a verdade: se essa pródiga abundância de alimentos não era trazida de fora, mas produzida na própria casa, então por certo se tratava de bruxaria.

Marget anunciou uma festa para dali a sete dias, e convidou quarenta pessoas. Era a oportunidade perfeita. Sua casa era isolada e podia facilmente ser mantida sob observação. Durante toda a semana, foi espionada noite e dia. Os dois criados de Marget saíram e entraram como sempre, mas não carregavam nada nas mãos, e nem eles nem outros trouxeram qualquer coisa para dentro de casa. Isso foi verificado. Era evidente que ninguém estava trazendo víveres para quarenta pessoas. Se os convidados recebessem qualquer alimento, este precisaria ter sido feito na própria casa. É verdade que Marget saía toda noite com uma cestinha, mas os espiões averiguaram que sempre voltava com ela vazia.

Os convidados chegaram ao meio-dia e lotaram a casa. Em seguida, o Padre Adolf, e pouco mais tarde, sem convite, o Astrólogo. Os espiões o tinham informado de que nenhum pacote havia sido entregue, nem na frente nem nos fundos da casa. Ele entrou, encontrou os comes e bebes em andamento, tudo correndo do modo mais animado e festivo. Olhou em volta, percebendo que muitas das iguarias cozidas e todas as frutas nativas e importadas eram de natureza perecível, reconhecendo também que estavam frescas e perfeitas. Nenhuma aparição, nenhum sortilégio, nenhum trovão. Isso resolvia o assunto: era feitiçaria.

E feitiçaria de um novo tipo, nunca antes sonhado. Era um poder prodigioso, um poder notável. Ele resolveu descobrir qual o segredo. Já sonhava: essa revelação ressoaria por todo o mundo, atingiria as terras mais remotas, paralisaria de espanto todas as nações, e levaria consigo seu nome, tornando-o famoso para todo o sempre. Era uma sorte maravilhosa, uma sorte esplêndida. As visões de glória o entonteciam.

A casa toda abriu espaço para ele. Marget polidamente lhe arranjou assento. Úrsula ordenou que Gottfried lhe trouxesse uma mesinha especial, cobriu-a, pôs os talheres e perguntou o que ele queria.

— Traga-me o que quiser — disse ele.

Os dois criados trouxeram gêneros da despensa, junto com vinho branco e vinho tinto, uma garrafa de cada. O Astrólogo, que provavelmente nunca tinha provado aquelas delícias antes, serviu um copo de vinho tinto, bebeu-o, serviu outro e então começou a comer com grande apetite.

Eu não estava esperando Satã, porque já fazia mais de uma semana desde que o vira ou ouvira, mas agora ele entrou; eu soube pela sensação, embora as pessoas estivessem no meio do caminho e eu não pudesse vê-lo. Ouvi sua voz pedindo desculpas por se intrometer e dizendo que já ia embora, mas Marget lhe suplicou que ficasse. Ele lhe agradeceu e ficou. Ela o acompanhou, apresentando-o às moças, a Wilhelm Meidling e a alguns dos mais velhos. Houve uma revoada de cochichos:

"É o moço estrangeiro de quem todo mundo fala e quase ninguém vê, porque ele viaja muito."

"Nossa, mas como ele é bonito. Como é mesmo o nome dele?" "Philip Traum." "Ah, combina com ele!" (É claro que vocês sabem que, em alemão, *Traum* quer dizer sonho.)

"O que é que ele faz?" "Estuda para o sacerdócio, é o que dizem." "Vai longe com aquele rosto, chega a cardeal um dia."

"Onde ele mora?" "Num lugar qualquer dos Trópicos, é o que dizem. Tem um tio rico por lá."

E assim por diante.

Satã se impôs de imediato. Todo mundo estava ansioso para conhecê-lo e conversar com ele. As pessoas perceberam que de repente tinha ficado fresco e gostoso ali dentro e se perguntavam o motivo, porque podiam ver que lá fora o sol queimava do mesmo jeito que antes e o céu não tinha nuvens, mas ninguém imaginou a razão, é claro.

O Astrólogo tinha bebido o segundo copo. Serviu um terceiro. Largou a garrafa e, acidentalmente, emborcou-a. Conseguiu agarrá-la antes que derramasse e segurou-a contra a luz, dizendo, "Que pena... é um vinho de reis." Então seu rosto se iluminou de alegria, triunfo ou alguma outra emoção, e ele gritou:

– Depressa! Tragam uma tigela!

Trouxeram uma tigela, daquelas com capacidade para quatro litros. Ele pegou aquela garrafa de um litro e começou a despejar. Continuou despejando, a bebida vermelha gorgolejando e jorrando para dentro da tigela branca e subindo cada vez mais, todo mundo olhando, segurando a respiração, e logo a tigela estava cheia até às bordas.

Ele levantou a garrafa:

– Olhem para a garrafa. Continua cheia!

Olhei para Satã e naquele momento ele desapareceu. O Padre Adolf levantou-se, febril e excitado, fez o sinal-da-cruz e começou a berrar com seu vozeirão possante:

– Esta casa está enfeitiçada e amaldiçoada!

As pessoas começaram a gritar, guinchar e se acotovelaram na direção da porta.

— Eu ordeno que as bruxas desta casa...

Suas palavras foram cortadas pela raiz. Seu rosto ficou vermelho, depois cor de púrpura, e ele não conseguiu dizer mais uma só palavra. Então eu vi Satã, uma película transparente, fundir-se ao corpo do Astrólogo. O Astrólogo levantou a mão e, numa voz que parecia a sua, berrou:

— Parem! Fiquem todos onde estão!

Todo mundo parou e ficou onde estava.

— Tragam um funil!

Úrsula trouxe um funil, tremendo, apavorada, e ele o enfiou na boca da garrafa, pegou a tigela e começou a despejar o vinho de volta, com as pessoas olhando, tontas de espanto, porque sabiam que a garrafa já estava cheia antes de ele começar. Ele esvaziou toda a tigela na garrafa, depois sorriu para a sala, deu uma risadinha satisfeita e disse, indiferente:

— Isso não é nada. Qualquer um consegue fazer este truque! Com os meus poderes, eu consigo fazer ainda mais.

Um grito apavorado se levantou por toda parte, "Ai, meu Deus, ele está possuído!", e houve uma corrida tumultuada para a porta que rapidamente esvaziou a casa de todos os convidados, exceto nós garotos e Wilhelm Meidling. Nós três conhecíamos o segredo e o teríamos contado se pudéssemos, mas não podíamos. Estávamos gratos a Satã por ter dado aquela boa ajuda no momento necessário.

Marget estava pálida e chorava. Wilhelm Meidling parecia meio petrificado. Úrsula também, mas Gottfried era o pior: não conseguia ficar de pé, de tão medroso e apavorado. Ele vinha de uma família de bruxas, você sabe, e teria sido péssimo se suspeitassem dele. Agnes veio preguiçosamente, com cara de santinha que não sabe de nada, querendo se esfregar em Úrsula e receber um agrado, mas Úrsula estava com medo da gata e se afastou, fingindo que não a tinha visto porque sabia muito bem que não era bom estar de más relações com aquele tipo de gato. Mas nós meninos pegamos Agnes e lhe fizemos um agrado, porque Satã não teria feito amizade com ela se não tivesse uma boa opinião dela, e isso era endosso suficiente para nós. Satã parecia confiar em tudo que não possuísse o Senso Moral.

Lá fora, os convidados em pânico espalharam-se em todas as direções, fugindo num deplorável estado de terror. Fizeram tamanho tumulto com suas correrias, choros, guinchos e gritos que logo a aldeia em peso saiu de casa para ver o que estava acontecendo, e as pessoas se acotovelaram na rua, empurrando-se e esbarrando umas nas outras, cheias de excitação e medo. Então o Padre Adolf apareceu e a multidão se abriu em duas, como as águas do Mar Vermelho, e pelo centro veio o Astrólogo com passadas largas, murmurando, e por onde ele passava as laterais recuavam em massas compactas, silenciosas de assombro, com os olhos arregalados e o peito arfando, e muitas mulheres desmaiaram. Depois que ele se foi, a multidão aglomerou-se de novo e o seguiu à distância, com cochichos excitados, fazendo perguntas e descobrindo fatos. Descobrindo fatos e passando-os adiante com aprimoramentos que logo transformaram a tigela num barril e fizeram a garrafa de vinho conter todo o barril e ainda continuar vazia.

Quando o Astrólogo chegou à praça do mercado, foi direto até um malabarista, fantasticamente vestido, que mantinha três bolas de bronze suspensas no ar, tomou-as dele, voltou-se para a multidão que se aproximava e disse:

— Este pobre palhaço ignora a própria arte. Aproximem-se e vejam o desempenho de um mestre.

Assim dizendo, jogou as três bolas para cima, uma depois da outra, manteve-as girando numa oval perfeita, acrescentou outra bola, depois outra, mais outra e assim por diante, sem ninguém ver de onde ele as tirava, e mais outra e outra, a oval aumentando o tempo todo, suas mãos movendo-se tão depressa que eram apenas uma teia ou um borrão, nem se percebia que eram mãos. Os que contaram, disseram que havia agora cem bolas no ar. A grande oval revoluteante subiu a seis metros de altura, num espetáculo extraordinário, cintilante, maravilhoso. Então ele cruzou os braços e mandou as bolas continuarem girando sem sua ajuda, e elas obedeceram. Depois de uns minutos, disse "Chega!" e a oval quebrou-se, caiu com estrondo, as bolas se espalhando por todo lado e rolando para todo canto. Onde uma delas chegava, as pessoas recuavam apavoradas e ninguém queria tocá-las. Isso o fez rir. Ele zombou das pessoas, dizendo que eram covardes e mulheres velhas. Então se voltou, viu a corda bamba e disse que os tolos desperdiçavam seu dinheiro vendo biltres desajeitados e ignorantes degradarem aquela bela arte; agora veriam o trabalho de um mestre. Com isso, deu um salto no ar e firmou os pés sobre a corda. Saltitou por todo o seu comprimento num pé só, para a frente e para trás, com as mãos tapando os olhos. Depois começou a dar saltos mortais, de frente e de costas, e deu vinte e sete cambalhotas.

As pessoas murmuraram, porque o Astrólogo era velho e sempre tinha sido meio duro de movimentos, às vezes até manco, mas agora estava ágil e seguia em frente com suas cambalhotas da maneira mais vivaz. Por fim, saltou suavemente para o chão e foi-se embora, subindo a rua, virou a esquina e desapareceu. Aquela multidão pálida e silenciosa soltou um profundo suspiro e cada um olhou para o outro, como dizendo: "Isso foi real? você viu isso, ou fui só eu? eu estava sonhando?" Começaram a murmurar baixinho, separando-se em pequenos grupos e cada um foi para sua casa, ainda falando naquele tom assombrado, com a expressão fechada, apalpando os braços ou fazendo aqueles gestos que as pessoas fazem quando ficam profundamente impressionadas com alguma coisa.

Nós meninos seguimos atrás de nossos pais, tentando pegar tudo o que podíamos daquilo que eles diziam. Quando eles chegaram em casa, se sentaram e continuaram falando, ainda estávamos por perto. Eles estavam num humor sombrio, pois era certo, diziam, que um desastre para a aldeia seria a consequência dessa terrível visita de bruxas e demônios. Meu pai lembrou que o Padre Adolf tinha ficado mudo no momento em que ia fazer a denúncia. E disse:

— Eles nunca antes se atreveram a pôr as mãos num servo ungido de Deus, e não consigo imaginar como ousariam desta vez, já que ele estava com o crucifixo. Não é?

— Sim — disseram os outros — nós vimos o crucifixo.

— A coisa está séria, meus amigos, muito séria. Antes nós sempre tivemos proteção. Agora ela falhou.

Os outros estremeceram, como se tivesse passado um vento frio, e ficaram murmurando aquelas palavras, "Falhou", "Deus nos abandonou".

— É verdade — disse o pai de Seppi Wohlmeyer. — E não temos onde buscar ajuda.

— As pessoas vão perceber isso — disse o pai de Nikolaus, o juiz — e o desespero vai lhes roubar a coragem e as energias. Chegamos realmente a maus tempos.

Ele se benzeu, enquanto Wohlmeyer dizia com voz perturbada:

— O relato disso tudo vai correr o país e nossa aldeia vai ser evitada porque está sob a ira de Deus. O Cervo de Ouro vai conhecer tempos difíceis.

— É verdade, vizinho — concordou meu pai. — Todos nós vamos sofrer, todos na reputação, muitos no bolso. E... Santo Deus!

— O que foi?

— Aquilo pode vir... e acabar com todos nós!

— Aquilo o quê, em nome de Deus?

— O Interdito!

A palavra caiu como um trovão e eles quase desmaiaram de terror diante dela. O horror daquela calamidade – a proibição de acesso a igrejas e outros lugares sagrados – despertou suas energias e eles pararam de se lamentar, começando a pensar em meios de evitá-la. Discutiram isto, isso, aquilo, e o contrário, conversando até que a tarde chegou ao fim, e então confessaram que no presente não podiam chegar a nenhuma decisão. Separaram-se amargurados, com o coração oprimido e cheio de maus preságios.

Enquanto eles se despediam, escapuli e corri até a casa de Marget para ver o que estava acontecendo por lá. Encontrei muita gente, mas ninguém nem me olhou. Teria sido surpreendente, mas não era, porque todos estavam tão cheios de terror que ninguém pensava direito, acho. Muito pálidos e abatidos, caminhavam como quem anda em sonhos, com os olhos abertos mas sem ver nada, os lábios movendo-se mas sem dizer nada, abrindo e fechando as mãos sem perceber.

A casa de Marget parecia um funeral. Ela e Wilhelm estavam sentados juntos no sofá, mas não falavam e nem mesmo se davam as mãos. Ambos estavam dominados pelo desânimo, os olhos de Marget vermelhos do choro que ela tinha chorado. Ela me disse:

— Eu estive suplicando ao Wilhelm me esquecesse e nunca mais voltasse aqui, para salvar a vida. Não suporto a ideia de levá-lo à morte. Esta casa está enfeitiçada e ninguém que mora aqui vai escapar da fogueira. Mas Wilhelm não quer ir embora, ele quer se perder com o resto de nós.

Wilhelm disse que não ia embora. Se havia perigo para Marget, seu lugar era ao lado dela e ali é que ele ficaria. Então ela começou a chorar de novo, e tudo era tão deprimente que eu desejei ter ficado bem longe dali. Bateram à porta e Satã entrou, vigoroso, alegre e belo, trazendo aquela sua atmosfera embriagadora, Tudo se transformou. Ele não disse uma só palavra sobre o que tinha acontecido, nem sobre os medos terríveis que estavam congelando o sangue no coração da comunidade. Mas começou a falar e tagarelar sobre tudo quanto era coisa alegre e agradável, depois sobre música – um golpe de gênio que desvaneceu os restos da depressão de Marget e despertou seu ânimo e seu interesse. Ela nunca tinha ouvido alguém falar tão bem e com tanto conhecimento sobre aquele assunto; ficou tão enlevada que seus sentimentos lhe iluminaram o rosto e transpareceram em suas palavras. Wilhelm notou isso e parece que não ficou tão contente como deveria. Depois Satã se desviou para a poesia e recitou alguns versos, tão bem que Marget ficou encantada de novo. E de novo Wilhelm não ficou tão contente, como deveria ter ficado. Dessa vez Marget notou e sentiu remorsos.

Naquela noite, eu dormi ao som de uma música agradável, o tamborilar da chuva na vidraça e o ronco surdo do trovão distante. No meio da noite Satã veio me acordar:

– Venha comigo. Aonde você quer ir?

– Qualquer lugar. Você escolhe.

Houve um forte clarão de sol e ele disse:

– Estamos na China.

Foi uma surpresa espetacular, e fiquei meio embriagado com a vaidade e a alegria de pensar que eu tinha chegado tão longe, muito, muito, muito mais longe do que qualquer outro da nossa aldeia, incluindo Bartel Sperling, que se orgulhava das suas viagens. Demos um voo rasante sobre aquele Império por mais de meia hora, e vimos ele todo. Foi maravilhoso, os espetáculos que nós vimos, alguns eram lindos, outros horríveis demais para pensar. Por exemplo – só que eu vou falar nisso depois, e também por que Satã escolheu a China para essa excursão em vez de outro lugar qualquer; iria interromper a minha narrativa se eu falasse nisso agora.

Finalmente paramos de voar e pousamos.

Sentamos no topo de uma montanha que dominava o amplo cenário de uma cordilheira com desfiladeiros, vales, planícies e rios, com cidades e aldeias cochilando à luz do sol, um lampejo de mar azul no ponto mais distante. Era uma cena tranquila e sonhadora, bela para os olhos e repousante para o espírito. Se ao menos pudéssemos fazer uma mudança como essa sempre que quiséssemos, o mundo seria um lugar mais fácil de viver do que é, pois a mudança de cenário transfere os fardos da mente para o outro ombro e elimina o velho e gasto cansaço tanto da mente como do corpo.

Conversamos, e eu tive a ideia de tentar converter Satã e persuadi-lo a levar uma vida melhor. Falei-lhe de todas aquelas coisas que ele tinha feito, e lhe supliquei que tivesse mais consideração e parasse de tornar as pessoas infelizes. Eu disse que sabia que ele não pretendia prejudicar ninguém, mas que ele devia parar e considerar as possíveis consequências de uma coisa antes de fazê-la daquele seu modo impulsivo e aleatório; assim, ele não causaria tantos problemas. Ele não ficou magoado com a minha franqueza, só pareceu divertido e surpreso:

– O quê? Eu faço coisas aleatórias? Na verdade, eu nunca faço isso. Parar e considerar as possíveis consequências? Qual a necessidade disso? Eu sei quais serão as consequências, sempre.

— Ah, Satã, mas então como é que você pode fazer essas coisas?

— Bem, vou lhe dizer, e você entenda se puder. Você pertence a uma raça singular. Todo homem é uma combinação de duas máquinas: a do sofrimento e a da felicidade. As duas funções trabalham juntas harmoniosamente, com uma precisão sutil e delicada, no princípio do tomaládácá. Para cada felicidade produzida num departamento, o outro permanece a postos para modificá-la com a tristeza ou a dor, talvez uma dúzia delas. Na maioria dos casos, a vida do homem é quase igualmente dividida entre a felicidade e a infelicidade. Quando esse não é o caso, a infelicidade predomina, sempre, nunca o contrário. Às vezes, a natureza e o temperamento de um homem são tais que sua máquina do sofrimento é capaz de fazer quase todo o trabalho. Tal homem passa pela vida quase ignorante do que é a felicidade. Tudo o que ele toca, tudo o que ele faz, lhe traz desgraça. Você já viu gente assim? Para esse tipo de pessoa a vida não é um benefício, não é? É apenas um desastre. Às vezes, por uma hora de felicidade, a máquina do homem o faz pagar com anos de desgraça. Você não sabia disso? Acontece a todo momento. Daqui a pouco vou lhe dar alguns exemplos. Agora, as pessoas da sua aldeia não são nada para mim, você sabe disso, não é?

Eu não queria falar assim tão direto, e então disse que suspeitava que sim.

– Bem, é verdade que eles não são nada para mim. Nem é possível que fossem. A diferença entre eles e eu é abismal, incomensurável. Eles não têm intelecto.

– Não têm intelecto?

– Nada que se pareça com um intelecto. No futuro eu vou examinar isso que o homem chama de mente e lhe darei os detalhes desse caos, para que você veja e entenda. Os homens não têm nada em comum comigo, não há nenhum ponto de contato. Eles têm sentimentozinhos tolos, pequeninas e tolas vaidades, impertinências, ambições. Suas vidinhas tolas não passam de uma risada, um suspiro e a extinção. E eles não têm senso. Só o Senso Moral. Eu vou lhe mostrar o que quero dizer. Aqui está uma aranha vermelha, menor que a cabeça de um alfinete. Você consegue imaginar um elefante se interessando pela aranha, querendo saber se ela é feliz ou não, se é rica ou pobre, se o marido a ama ou não, se a mãe dela está doente ou sadia, se os amigos a visitam ou não, se seus inimigos vão derrotá-la e seus amigos abandoná-la, se suas esperanças serão frustradas ou se fracassarão suas ambições políticas, se ela vai morrer no seio da família ou esquecida e desprezada numa terra estranha? Essas coisas não podem ser importantes para o elefante, não são nada para ele, ele não consegue reduzir sua compaixão até o tamanho microscópico delas. O homem, para mim, é como a aranha vermelha para o elefante. O elefante não tem nada contra a aranha, só que não consegue descer até o nível remoto dela. Eu não tenho nada contra o homem. O elefante é indiferente, eu sou indiferente. O elefante não se daria ao trabalho de praticar uma má ação contra a aranha. Se lhe ocorresse, poderia até praticar uma boa ação em favor dela, se a aranha cruzasse seu caminho e a boa ação não lhe custasse nada. Eu prestei bons serviços aos homens, não pratiquei nenhuma má ação. O elefante vive um século, a aranha vermelha vive um dia. Em poder, intelecto e dignidade, uma criatura está separada da outra por uma distância que é simplesmente astronômica. E nessas, como em todas as qualidades, o homem está imensuravelmente mais abaixo de mim do que a minúscula aranha está abaixo do elefante. Desajeitadamente, tediosamente, trabalhosamente, a mente do homem alinhava pequeninas trivialidades e consegue um resultado, o que der e vier. Mas a minha mente cria! Você percebe a força disso? Ela cria qualquer coisa que deseja, e na hora. Ela cria sem matéria. Ela cria fluidos, sólidos, cores, tudo, qualquer coisa, a partir desse nada etéreo que se chama Pensamento. Um homem imagina um fio de seda, imagina uma máquina para tecê-lo, imagina um quadro, e então, com semanas de trabalho, borda esse quadro numa tela com o fio. Eu penso a coisa como um todo, e num instante ela está aqui, materializada, manifesta. Eu penso um poema. Uma música. O registro de uma partida de xadrez, qualquer coisa, e ali está ela. Esta é a mente imortal, nada está além do seu alcance. Nada pode obstruir minha visão. Para mim, as pedras são transparentes, a escuridão é luz do dia. Eu não preciso abrir um livro, eu capto todo o seu conteúdo na minha mente com um simples olhar, através da capa, e num milhão de anos não esqueço uma só palavra dele, ou o lugar dessa palavra no volume. Nada se passa no crânio do homem, do pássaro, peixe, inseto ou outra criatura, que possa ficar oculto de mim. Eu trespasso o cérebro do homem erudito com um simples olhar, e os tesouros que lhe custaram uns sessenta anos para acumular são meus. Ele pode esquecer, e ele esquece, mas eu retenho. Agora, eu percebo por seus pensamentos que você está me entendendo razoavelmente bem. Vamos em frente. As circunstâncias podem fazer com que o elefante venha a gostar da aranha, supondo que consiga vê-la, mas ele nunca poderia amá-la. Seu amor é para a sua própria espécie, para os seus iguais.

O amor de um anjo é sublime, adorável, divino, além da imaginação do homem, infinitamente além! Mas está limitado à sua própria ordem augusta. Se o amor do anjo voltar-se para alguém da raça humana, por um instante que seja, transformará esse alguém em cinzas. Não, nós não podemos amar os homens, mas podemos ser inofensivamente indiferentes a eles. Podemos também gostar deles, às vezes. Eu gosto de você e dos garotos, eu gosto do Padre Peter, e é pelo bem de vocês que estou fazendo todas essas coisas acontecerem na aldeia.

Ele viu que os meus pensamentos eram meio sarcásticos, e explicou sua posição:

– Eu fiz o bem pelos aldeões, embora não pareça assim ao primeiro olhar. A sua raça nunca diferencia a boa sorte da má sorte. Sempre confunde uma com a outra. Isso é porque vocês não conseguem ver o futuro. O que eu estou fazendo pelos aldeões vai produzir bons frutos algum dia. Em certos casos, para eles mesmos, noutros, para as gerações ainda não nascidas. Ninguém nunca vai saber que eu fui a causa, mas nem por isso deixará de ser verdade. Vocês, garotos, têm um jogo: vocês alinham uma fila de tijolos em pé, a curta distância um do outro, empurram o primeiro tijolo, que cai e derruba o segundo e este derruba o terceiro e assim por diante, até que toda a fila está caída. Assim é a vida humana. O primeiro ato de uma criança derruba o tijolo inicial, e o resto cai inexoravelmente. Se pudessem ver o futuro, como eu, vocês veriam tudo o que vai acontecer para aquela criatura, pois nada pode mudar a ordem de sua vida depois que o primeiro acontecimento a determinou. Ou seja, nada pode mudá-la, porque cada ato infalivelmente gera um ato, esse ato gera outro, e assim por diante até o fim. O clarividente pode olhar ao longo da linha da vida e ver exatamente quando cada ato está para nascer, desde o berço até a sepultura.

– É Deus que determina a linha da nossa vida?

– Que a *predetermina*? Não. As circunstâncias e o ambiente do homem a determinam. O primeiro ato de um ser humano determina o segundo e tudo o que vem depois. Mas suponha, só para argumentar, que o homem pudesse "pular" um desses atos. Um ato aparentemente insignificante, por exemplo. Suponha que aquele ato tivesse sido determinado para acontecer num certo dia. Numa certa hora, minuto, segundo e fração de segundo, o homem deveria ir até o poço. Mas ele não vai. A vida desse homem vai mudar totalmente a partir desse momento. Daí até o túmulo, será totalmente diferente da vida que seu primeiro ato de criança tinha lhe determinado. Na verdade, pode ser que ele, se tivesse ido ao poço, terminasse sua vida sentado num trono. Deixar de ir ao poço lançou-o numa carreira que vai levar à mendicância e a uma cova de indigente. Por exemplo: se a qualquer momento, na infância, digamos, Colombo tivesse "pulado" o mais insignificante e pequenino elo da cadeia de atos projetada e tornada inevitável por seu primeiro ato de bebê, isso teria mudado toda a sua vida subsequente e ele teria se tornado monge e morrido obscuramente numa aldeia italiana, e a América só teria sido descoberta dois séculos mais tarde. Eu sei disso. "Pular" qualquer um dos bilhões de atos na cadeia de Colombo teria mudado totalmente sua vida. Eu examinei o bilhão de carreiras possíveis para ele, e só naquela única carreira ocorria o descobrimento da América. Vocês, humanos, não suspeitam que todos os seus atos têm tamanho e importância, mas é verdade. Agarrar uma determinada mosca é tão significativo para o destino de vocês como qualquer outro ato determinado...

— Como a descoberta de um continente?

— Sim. Agora, nenhum homem jamais pula um elo, isso é coisa que nunca aconteceu! Mesmo quando ele está tentando decidir se faz ou não alguma coisa, isso em si é um elo, um ato, que tem seu lugar próprio na linha da vida dele. E quando ele finalmente decide fazer o ato, essa também era a coisa que ele certamente iria fazer. Você vê agora que nenhum homem jamais pula um elo da sua cadeia da vida. Ele não pode fazer isso. Se ele decidir pular um elo, esse projeto em si será um elo inevitável, uma ideia que estava destinada a lhe ocorrer naquele momento preciso, e determinada pelo primeiro ato da sua infância.

Parecia tão triste!

– Ele é um prisioneiro condenado à prisão perpétua – falei com tristeza – e não consegue se libertar.

– Não, por si mesmo ele não consegue fugir das consequências de seu primeiro ato na infância. Mas eu posso libertá-lo.

Levantei os olhos, ansioso.

– Eu mudei as carreiras de várias pessoas da sua aldeia.

Tentei lhe agradecer, mas achei difícil e deixei para lá.

– Vou fazer algumas outras mudanças. Você conhece a pequena Lisa Brandt?

– Claro, todo mundo conhece a Lisa. Minha mãe vive dizendo que ela é muito meiga e encantadora, diferente da maioria das outras crianças. Ela diz que Lisa vai ser o orgulho da aldeia quando crescer, e um ídolo para todos nós.

– Eu vou mudar o futuro dela.

— Para melhor? — perguntei.

— Sim. E vou mudar o futuro de Nikolaus.

Dessa vez eu fiquei contente:

— Nem preciso perguntar no caso do Nicky. Tenho certeza que você vai ser generoso com ele.

— É essa a minha intenção.

Logo eu estava construindo o grande futuro de Nicky na minha imaginação, e já tinha feito dele um general famoso e *Hofmeister* da corte, quando notei que Satã esperava que eu estivesse de novo pronto para ouvir. Fiquei envergonhado de ter exposto minhas pobres fantasias para ele, e esperei algum comentário sarcástico, mas isso não aconteceu. Ele continuou:

— A vida determinada para Nicky é de sessenta e dois anos.

— Fantástico! — exclamei.

— A de Lisa, trinta e seis. Mas, como eu lhe disse, vou mudar a vida deles e essas idades. Dentro de dois minutos e quinze segundos, Nikolaus vai acordar e ver que está entrando chuva pela janela. Estava determinado que ele deveria virar para o lado e continuar dormindo. Mas eu determinei que ele vai se levantar e fechar a janela. Esse ato insignificante vai mudar totalmente sua vida. Amanhã, ele vai acordar dois minutos mais tarde do que estava determinado. Como consequência, a partir daí nada vai acontecer a ele conforme os detalhes da cadeia anterior.

Ele pegou o relógio, ficou olhando durante alguns instantes, e depois informou:

— Nikolaus levantou-se para fechar a janela. Sua vida mudou, sua nova carreira começou. Haverá consequências.

Fiquei todo arrepiado, aquilo era sobrenatural.

— Mas, por causa dessa mudança, certas coisas vão acontecer daqui a doze dias. Por exemplo, Nikolaus teria salvo Lisa de se afogar. Ele teria chegado à beira-rio exatamente no momento certo, quatro minutos depois das dez, o instante no tempo há muito determinado, e a água estaria baixa, o salvamento seria fácil e seguro. Mas agora ele vai chegar alguns segundos tarde demais, Lisa estará se debatendo em águas mais profundas. Ele vai fazer todo o possível, mas os dois morrerão afogados.

— Ah, Satã! meu querido Satã! — gritei, com as lágrimas saltando aos olhos. — Salve-os! Não deixe isso acontecer. Eu não quero perder o Nikolaus, ele é o meu melhor amigo. E pense na pobre mãe da Lisa!

Agarrei-me a ele, supliquei, implorei, mas ele não se comoveu. Mandou que eu me sentasse e disse que eu devia ouvi-lo.

– Mudei a vida de Nikolaus e isso mudou a vida de Lisa. Se eu não tivesse feito isso, Nikolaus teria salvo Lisa e apanhado um forte resfriado por causa das roupas encharcadas. Uma dessas fantásticas e desoladoras escarlatinas da sua raça viria depois, com patéticos efeitos colaterais: ele iria passar os quarenta e seis anos seguintes em cima de uma cama, um pedaço de pau paralisado, surdo, mudo, cego, rezando noite e dia pelo abençoado alívio da morte. Quer que eu mude de volta a vida dele?

– Não! Não, por nada neste mundo! Por caridade, por piedade, deixe-a como está!

– É melhor assim. Eu não poderia ter mudado nenhum outro elo na vida dele e lhe prestado um bom serviço. Ele tinha um bilhão de carreiras possíveis, mas nenhuma delas valia a pena ser vivida, todas estavam cheias de misérias e desastres. Mas, se não fosse pela minha intervenção, ele iria praticar seu bravo ato daqui a doze dias, um ato começado e terminado em seis minutos, e teria como recompensa aqueles quarenta e seis anos de dor e sofrimento que mencionei. Esse é um dos casos em que eu estava pensando há pouco, quando disse que às vezes um ato que traz ao seu autor uma hora de felicidade e satisfação é pago, ou punido, com anos de sofrimento.

Eu estava me perguntando do que a morte prematura da pobrezinha da Lisa a teria salvo. Satã respondeu ao meu pensamento:

— Eu a estou salvando dos dez anos de lenta e dolorosa recuperação de um acidente, e depois, dos dezenove anos de pecado, vergonha, depravação e crime que terminariam com sua morte nas mãos do carrasco. Daqui a doze dias ela morrerá. Sua mãe lhe teria salvo a vida agora, se pudesse. Acaso não sou mais generoso que a mãe dela?

— Sim, ah, sim. E mais sábio.

— O Padre Peter logo vai a julgamento. Ele será inocentado, diante das provas irrefutáveis de sua inocência.

— Como, Satã, como pode ser? Você acha mesmo?

— Não acho, eu sei. Seu bom nome será restaurado e o resto de sua vida será feliz.

— Acredito. Restaurar seu bom nome vai fazer o Padre Peter muito feliz.

— Sua felicidade não virá daí. Eu vou mudar sua vida naquele dia, para o bem dele. Ele nunca vai saber que o seu bom nome foi restaurado.

Na minha mente, e modestamente, pedi detalhes, mas Satã não prestou atenção aos meus pensamentos. Depois minha mente vagueou até o Astrólogo e imaginei por onde ele andaria.

— Na Lua — disse Satã com um som fugidio que acreditei ser um risinho de satisfação. — Eu o mandei para o lado escuro da Lua. Ele não sabe onde está, e não passa nada bem. Mas é um lugar bastante bom para ele, um bom lugar para ele estudar as estrelas. Logo vou precisar dele, e então o trago de volta e incorporo nele de novo. Ele tem pela frente uma vida longa, cruel e odiosa, mas vou mudar isso, pois não sinto nada por ele e estou quase disposto a fazer-lhe um favor. Acho que vou dar um jeito de ele ser queimado na fogueira.

Satã tinha estranhas noções de bondade! Mas assim são feitos os anjos e não podem ser de outro modo. Os caminhos deles não são como os nossos, e além disso os seres humanos não são nada para eles, pensam que somos loucos. A mim parecia estranho ele ter mandado o Astrólogo para tão longe, bem podia tê-lo atirado ali na Alemanha, onde estaria mais à mão.

— Longe? — disse Satã. — Para mim nenhum lugar é longe. A distância não existe para mim. O Sol fica a uns cento e cinquenta milhões de quilômetros daqui, e a luz que está caindo sobre nós levou oito minutos para chegar. Mas eu posso fazer esse voo, ou outro qualquer, numa fração de tempo tão minúscula que nem pode ser medida pelo relógio. Basta que eu pense na jornada, e ela já se realizou.

Estendi a mão e disse:

— A luz que bate na minha mão, transforme-a num copo de vinho, Satã.

Ele o fez. Eu bebi o vinho.

— Quebre o copo — ordenou.

Eu o quebrei.

— Aí está. Como você vê, o copo era real. Os aldeões pensaram que as bolas de bronze eram coisas mágicas e tão perecíveis como a fumaça. Tinham medo de tocar nelas. Vocês são um bando estranho, essa sua raça. Mas vamos indo, tenho negócios a tratar. Vou pôr você na cama.

Dito e feito. E então ele se foi, mas sua voz voltou até mim através da chuva e da escuridão, dizendo: "Sim, conte ao Seppi, a ninguém mais."

Era a resposta ao meu pensamento.

sono não vinha. Não era porque eu estivesse orgulhoso das minhas viagens e excitado por ter cruzado este grande mundo até a China, sentindo desprezo por Bartel Sperling, "o viajante", como ele chamava a si mesmo, enquanto olhava todo mundo de cima para baixo só porque estivera em Viena uma vez e era o único rapaz de Eseldorf que tinha feito tal viagem e visto as maravilhas do mundo. Numa outra época, isso me teria mantido acordado, mas agora não me afetava. Não, minha mente se concentrava em Nikolaus, meus pensamentos corriam apenas para ele e para os belos dias que passamos juntos em travessuras e brincadeiras nos bosques e campinas, nos longos dias do verão à beira-rio, ou esquiando e patinando no inverno, quando nossos pais pensavam que estávamos na escola. E agora ele ia deixar esta vida, tão jovem, os verões e invernos viriam e iriam embora, enquanto nós outros ficaríamos perambulando e brincando como antes, mas o lugar dele estaria vazio. Nós não o veríamos mais. Amanhã ele não iria suspeitar de nada, seria como sempre foi, e me chocaria ouvir sua risada e vê-lo fazer coisas alegres e frívolas, pois para mim ele seria um cadáver, com as mãos brancas como cera e os olhos sem expressão, e eu veria a mortalha em volta de seu rosto. No dia seguinte ele não suspeitaria de nada, nem no outro dia, e todo o tempo seu punhadinho de dias se estaria desperdiçando rapidamente, aquela coisa horrível chegando cada vez mais perto, seu destino se fechando firmemente à sua volta sem ninguém saber de nada, só Seppi e eu. Doze dias... apenas doze dias. Era uma coisa terrível de pensar. Percebi que em meus pensamentos eu não o chamava pelos apelidos familiares, Nick e Nicky, mas falava dele pelo nome completo, e com reverência, como se fala dos mortos. Um incidente após outro da nossa amizade saíam do passado e vinham atropelar-se na minha mente. Percebi que, na maioria, eram casos em que eu o tinha magoado ou ferido, e essas lembranças me acusavam e repreendiam, meu coração se apertava de remorso, tal como acontece quando a gente lembra que foi indelicado com os amigos que já passaram para além do véu e deseja que eles pudessem estar de volta, mesmo que por um só momento, para podermos ficar de joelhos diante deles e dizer "Me perdoe, por favor me perdoe".

Uma vez, quando tínhamos nove anos, Nikolaus Bauman fez uma entrega para o fruteiro, a quase três quilômetros de distância, e o fruteiro lhe deu uma esplêndida maçã como recompensa. Ele estava voando para casa com a maçã, quase fora de si de tanta alegria, quando o encontrei e ele me deixou olhar a maçã, sem pensar em traição, e eu saí correndo com ela, comendo a maçã enquanto corria, ele me seguindo e suplicando. Quando me alcançou, ofereci-lhe o caroço, que foi tudo o que sobrou, e dei risada. Ele virou o rosto, chorando, e disse que sua intenção era dar a maçã para a sua irmãzinha. Aquilo me afetou, porque a menina estava se recuperando de uma doença séria e, para ele, teria sido um momento de orgulho ver a surpresa dela e ganhar um beijo agradecido. Mas eu fiquei com vergonha de dizer que estava envergonhado, e só disse algo rude e mesquinho, para fingir que não ligava. Ele não respondeu, mas, quando se afastou, havia em seu rosto uma expressão magoada que surgiu diante de mim muitas vezes nos anos seguintes, à noite, me censurando e me fazendo sentir vergonha de novo. Foi se apagando da minha mente, pouco a pouco, até desaparecer. Mas agora estava de volta, bem nítida.

Uma vez na escola, quando tínhamos onze anos, eu virei o tinteiro e estraguei quatro cadernos de caligrafia, e corri o risco de severo castigo. Mas joguei a culpa nele, e ele levou as chibatadas.

Ainda no ano passado, eu o trapaceei num negócio, dando-lhe um anzol grande que estava meio quebrado em troca de três bons anzóis pequenos.

O primeiro peixe que ele fisgou quebrou o anzol, mas ele não sabia que a culpa era minha e se recusou a aceitar de volta um dos anzóis pequenos que a minha consciência me forçou a lhe oferecer. Ele disse: "Negócio é negócio. O anzol era ruim, mas não por culpa sua."

Não, eu não conseguia dormir. Essas maldades pequenas e mesquinhas me censuravam, me torturavam, com uma dor muito mais aguda do que a gente sente quando a maldade foi feita contra os vivos. Nikolaus estava vivo, mas não importa; para mim ele já estava morto. O vento ainda gemia no telhado, a chuva ainda tamborilava na vidraça.

De manhã eu procurei Seppi e lhe contei. Foi lá perto do rio. Seus lábios se moviam, mas ele não disse uma palavra, só parecia espantado e aturdido, seu rosto ficou muito branco. Ele ficou desse jeito por um momento, as lágrimas lhe saltando dos olhos, depois se voltou, eu prendi meu braço no dele e saímos caminhando, pensando, mas sem falar. Cruzamos a ponte, andamos pelas campinas, subimos os bosques e colinas, e finalmente as palavras vieram, fluíram livremente: eram todas sobre Nikolaus, uma recordação da vida que tínhamos vivido com ele. De vez em quando Seppi dizia, como se falasse para si mesmo: "Doze dias. Menos de doze dias."

Decidimos ficar com Nikolaus o tempo todo. Precisávamos aproveitar ao máximo sua companhia. Os dias eram preciosos agora. Contudo, não fomos procurá-lo. Seria como ir encontrar os mortos, e nós tínhamos medo. Não dissemos isso, mas era o que sentíamos. Foi por isso que tivemos um choque quando dobramos uma curva do caminho e demos de cara com Nikolaus. Ele gritou, alegre:

– Olá, turma! Qual é o problema? Vocês estão com cara de quem viu um fantasma.

Não conseguimos falar, mas nem houve ocasião. Ele falava por todos nós, pois tinha acabado de ver Satã e estava de excelente humor. Satã lhe contara da minha viagem à China, ele pediu que Satã o levasse numa viagem e Satã tinha lhe prometido uma viagem para bem longe, linda e maravilhosa, e Nikolaus tinha lhe pedido para nos levar também, mas Satã disse que não, nos levaria algum dia, mas não agora. Satã viria buscá-lo no dia treze e Nikolaus já contava as horas, de tão impaciente.

Treze era o dia fatal. Nós também contávamos as horas.

Perambulamos por muitos quilômetros, sempre seguindo trilhas que eram as nossas favoritas desde os dias de criança, e sempre falando sobre os velhos tempos. Toda a alegria estava com Nikolaus; nós outros não conseguíamos nos livrar da depressão. Nosso tom de voz para com Nikolaus era tão estranhamente gentil, meigo e ansioso que ele notou e ficou contente. Estávamos constantemente lhe fazendo pequenas cortesias, dizendo, "Espere, deixe que eu faço isso por você", e isso também lhe agradou. Eu lhe dei sete anzóis, todos os que eu tinha, e o obriguei a aceitá-los. Seppi deu-lhe seu canivete novo e um pião pintado de vermelho e amarelo, compensações por trapaças praticadas contra ele antes, como fiquei sabendo depois, e provavelmente nem mais lembradas por Nikolaus agora. Essas coisas o comoveram, e ele não conseguia acreditar que gostássemos tanto dele. Seu orgulho e sua gratidão nos partiram o coração, porque bem pouco os merecíamos. Quando nos separamos por fim, ele estava radiante, e disse que nunca tinha passado um dia tão feliz.

Quando caminhávamos juntos para casa, Seppi disse: "Nós sempre o estimamos, mas nunca tanto como agora que vamos perdê-lo."

No dia seguinte, e todo dia, passamos com Nikolaus todo o nosso tempo livre. Também acrescentamos o tempo que nós (e ele) roubávamos do trabalho e de outras tarefas, o que custou a nós três algumas broncas severas e ameaças de castigos. A cada manhã, dois de nós acordávamos com um sobressalto e um estremecimento, dizendo, à medida que os dias voavam, "só restam dez dias", "só restam nove dias", "só oito", "só sete". Sempre diminuindo. Nikolaus, sempre alegre e feliz, vivia intrigado com a nossa tristeza. Ele gastou sua criatividade até o osso tentando inventar modos de nos alegrar, mas era sempre um sucesso superficial. Ele podia ver que a nossa alegria não vinha do coração, que nossas risadas esbarravam num ou noutro obstáculo e se partiam, transformando-se em suspiros. Tentou descobrir qual era o problema, para poder nos ajudar a escapar da nossa preocupação ou torná-la mais leve, compartilhando-a conosco. Por isso tivemos de lhe contar muitas mentiras para enganá-lo e deixá-lo tranquilo.

Mas a coisa mais perturbadora de todas é que ele estava sempre fazendo planos, e geralmente esses planos iam além do dia treze! Sempre que isso acontecia, gemíamos por dentro. Toda a sua mente estava fixada em descobrir algum meio de vencer nossa depressão e nos alegrar. Por fim, quando só tinha três dias de vida, ele atinou com a ideia certa e ficou jubilante: uma festa para meninas e meninos, com danças, lá nos bosques onde encontramos Satã pela primeira vez, e que ele marcaria para o dia quatorze. Isso era horripilante, porque aquele seria o dia do seu enterro. Não nos atrevemos a protestar, só teria provocado um "Por que não?" ao qual não podíamos responder. Ele queria que nós o ajudássemos a convidar seus amigos, e nós o fizemos; não se pode recusar nada a um amigo que vai morrer. Mas era horrível, pois na verdade nós os estávamos convidando para o seu funeral.

Foram onze dias terríveis. No entanto, com toda uma vida se estendendo entre o dia de hoje e aquela época, ainda são uma gratificante memória para mim, e belos. Com efeito, foram dias de companheirismo com nosso querido amigo morto, e eu nunca conheci companheirismo que fosse tão íntimo ou tão precioso. Nós nos agarrávamos às horas e aos minutos, contando-os enquanto eles se iam, separando-nos deles com aquele sentimento de dor e perda que o avarento sente quando vê seu tesouro sendo surrupiado por um ladrão, moeda por moeda, e é incapaz de impedi-lo.

Quando chegou a noite do último dia, ficamos fora por um tempo demasiado longo. A culpa foi minha e de Seppi. Não podíamos suportar a ideia de nos separar de Nikolaus. Já era bem tarde quando o deixamos à sua porta. Ficamos algum tempo por ali, à escuta. E aconteceu aquilo que temíamos. Seu pai lhe deu a surra prometida, e nós ouvimos seus gritos de dor. Mas ouvimos só por um momento, porque corremos para longe, cheios de remorso pelo que tínhamos causado. Cheios de tristeza pelo pai dele, também; nosso pensamento era "Ah, se ele soubesse... se ele soubesse!"

De manhã, Nikolaus não foi ao nosso encontro no lugar marcado e então fomos até a casa dele para ver qual era o problema. Sua mãe disse:

– O pai dele perdeu a paciência com todas essas idas e vindas, e não tolera mais isso. Metade das vezes em que a gente precisa do Nicky ele não é encontrado e depois se descobre que esteve vadiando com vocês dois. O pai lhe deu umas chicotadas ontem à noite. Isso sempre me entristeceu antes, e muitas vezes eu pedi clemência e o salvei, mas dessa vez Nicky apelou em vão para mim, porque eu também tinha perdido a paciência.

– Eu gostaria que a senhora tivesse salvo Nicky da surra só mais essa vez – disse eu, com a voz tremendo um pouco. – Ia aliviar a dor em seu coração quando a senhora lembrasse disso mais tarde.

Ela estava passando roupa naquela hora, meio de costas para mim. Virou-se com um ar espantado, ou admirado, e perguntou:

– O que é que você quer dizer com isso?

Eu não estava preparado e não soube o que dizer. Foi esquisito, porque ela continuou me olhando. Mas Seppi estava alerta e falou:

— Ora, é claro que ia ser bom de lembrar que a gente ficou fora até tarde porque o Nikolaus estava nos dizendo quanto a senhora era boa para ele e que ele nunca apanhou quando a senhora estava por perto para salvá-lo. E ontem ele ficou tão entusiasmado e nós tão interessados que nenhum de nós notou que já era tão tarde.

— Ele disse isso? Disse mesmo? — ela enxugou os olhos com o avental.

— A senhora pode perguntar aqui para o Theodor, ele confirma.

— É um bom menino, o meu Nicky — ela disse. — Estou triste por ter deixado ele apanhar. Nunca mais vou deixar. Só de pensar que todo o tempo que eu fiquei aqui sentada ontem à noite, furiosa com ele, ele estava falando coisas bonitas de mim e me elogiando! Ai, meu Deus, se a gente soubesse! Mas se soubesse, a gente nunca agiria errado, é que não passamos de pobres e tolos animais andando às cegas e cometendo erros. Nunca vou conseguir pensar em ontem à noite sem sentir uma dor aguda.

Ela era igual a todo mundo. Até parece que ninguém podia abrir a boca, naqueles dias terríveis, sem dizer alguma coisa que nos fizesse estremecer. Eles "andavam às cegas" e não sabiam quantas coisas verdadeiras, tristemente verdadeiras, acabavam dizendo por acaso.

Seppi perguntou se Nikolaus podia sair conosco.

– Sinto muito – respondeu ela – mas ele não pode. Para completar o castigo, o pai proibiu Nicky de sair de casa hoje.

Sentimos uma grande esperança! Eu a vi nos olhos de Seppi. Pensamos: "Se ele não pode sair de casa, não pode se afogar". Seppi perguntou, para ter certeza:

– Ele tem de ficar em casa o dia todo, ou só de manhã?

– O dia todo. É uma pena, porque está fazendo um dia bonito e ele não está acostumado a ficar trancado dentro de casa. Mas está ocupado planejando a tal festa e talvez isso o mantenha ocupado. Só espero que ele não se sinta muito sozinho.

Seppi viu nos olhos dela uma expressão que lhe deu coragem de perguntar se podíamos subir e ajudá-lo a passar o tempo.

– Claro! – ela disse, do fundo do coração. – Isso é o que eu chamo de verdadeira amizade, quando vocês dois podiam estar lá fora nos campos e nos bosques, passando um dia agradável. Vocês são bons meninos, eu reconheço, mesmo que nem sempre achem jeito de melhorar. Peguem estes bolinhos para vocês e levem um para ele, da parte da mamãe.

A primeira coisa que notamos ao entrar no quarto de Nikolaus foi a hora: um quarto para as dez. Estaria certo? Só mais uns minutinhos de vida! Eu senti um aperto no coração. Nikolaus pulou de pé e nos deu alegres boas vindas. Ele estava de bom humor com os planos para a festa e não tinha se sentido solitário.

– Sentem – disse ele – e olhem o que eu estava fazendo. Acabei uma pipa que vocês vão achar uma beleza. Está secando na cozinha. Esperem que eu vou buscar.

Ele tinha gasto suas economias em bugigangas extravagantes de todo tipo para servirem de prendas nos jogos, e elas estavam enfileiradas em cima da mesa com gosto e efeito. Ele disse:

– Examinem as coisas à vontade enquanto eu peço para a mãe passar a pipa a ferro se ainda não estiver bem seca.

E saiu pela porta e desceu a escada aos pulos, assobiando.

Nós nem olhamos as prendas. Não podíamos nos interessar por coisa alguma a não ser o relógio. Ficamos sentados em silêncio, olhando para o relógio, ouvindo o tique-taque, e cada vez que o ponteiro dos minutos saltava, nós reagíamos com uma sacudida de cabeça – um minuto a menos na corrida entre a vida e a morte. Finalmente Seppi respirou fundo e disse:

– Dois minutos para as dez. Mais sete minutos e ele passa o ponto da morte. Theodor, ele vai se salvar! Ele vai...

– Cala essa boca! Eu estou em brasas. Olhe para o relógio e fique quieto.

Cinco minutos mais. Estávamos suando com a tensão e o nervosismo. Passaram-se mais três minutos e então ouvimos passos na escada.

– Salvo!

Pulamos de pé e nos viramos para a porta.

A mãe entrou, trazendo a pipa:

– Não é uma belezinha? – disse ela. – Nossa, quanto ele trabalhou nela, desde que raiou o dia, acho, e só terminou um pouquinho antes de vocês chegarem.

Ela pendurou a pipa na parede e recuou um passo para ver melhor.

– Ele mesmo que fez os desenhos, e acho que são muito bonitos. A igreja não está lá grande coisa, admito, mas olhem a ponte, qualquer um reconhece a ponte na hora. Ele me pediu para trazer a pipa para cima... nossa! já passam sete minutos das dez e eu...

– Mas, onde é que ele está?

– Nicky? Ah, ele volta logo. Saiu por um minutinho.

— Saiu?

— É. Logo que ele chegou lá na cozinha, a mãe da pequena Lisa entrou e me disse que a menina tinha se perdido em algum lugar e como ela estava meio nervosa eu disse ao Nikolaus para não se incomodar com as ordens do pai e ir procurar a menina... credo, como vocês dois estão brancos! Parece que estão doentes! Sentem, sentem. Eu vou pegar um xarope. Os bolinhos fizeram mal, não foi? São um pouco pesados, mas eu pensei que...

Ela desapareceu sem terminar a frase e nós corremos para a janela dos fundos e olhamos na direção do rio. Havia uma multidão no outro lado da ponte e pessoas corriam para lá de todas as direções.

— Ai, acabou tudo. Pobre Nikolaus! Por quê? Por que ela foi deixar ele sair de casa?

— Vamos embora daqui — disse Seppi, meio soluçando. — Vamos depressa, eu não tenho coragem de encarar a mãe dele e daqui a cinco minutos ela fica sabendo.

Mas não estava escrito que nós escaparíamos. Ela nos pegou ao pé da escada, com dois copinhos de xarope na mão, e nos fez entrar no quarto e sentar e tomar o remédio. Daí ela observou o efeito e não gostou do que viu. Por isso nos fez esperar mais tempo e ficou se censurando por ter nos dado os bolinhos indigestos.

E logo aconteceu aquilo que temíamos. Ouvimos um som de passos pesados, pés arrastados lá fora, uma multidão entrou solenemente, com as cabeças descobertas, e depositou os dois corpos afogados em cima da cama.

– Ai, meu Deus do céu! – gritou aquela pobre mãe que caiu de joelhos, passou os braços em volta do filho querido e começou a cobrir de beijos seu rosto molhado. – Ai, fui eu que mandei você ir, fui eu que causei sua morte. Se eu tivesse feito o que meu marido mandou e conservado você dentro de casa, isso não teria acontecido. Eu estou sendo justamente castigada, eu fui cruel com você ontem à noite, e você me suplicando, a mim, sua própria mãe, para ser sua amiga.

E assim ela continuou e continuou, todas as mulheres choraram, tiveram pena dela e tentaram consolá-la. Mas ela não queria perdoar a si mesma nem ser consolada, continuou dizendo que se não tivesse mandado Nicky sair ele ainda estaria vivo e passando bem, e que ela era a causa da sua morte.

Isso mostra como as pessoas são tolas quando se culpam pelas coisas que fizeram. Satã sabe disso, e diz que nada acontece que não tenha sido inevitavelmente predeterminado pelo nosso primeiro ato e é por isso que não podemos, por nossa própria iniciativa, nem mesmo alterar o esquema ou fazer alguma coisa que quebre a corrente. Foi então que ouvimos gritos e Frau Brandt avançou pela multidão, abrindo caminho com selvageria, com o vestido em desordem, os cabelos despenteados, e lançou-se sobre a filha morta com gemidos, beijos e súplicas. Depois ela se levantou, exausta de suas explosões de emoção apaixonada, cerrou o punho, ergueu-o aos Céus, e seu rosto ensopado de lágrimas endureceu de ressentimento e ela bradou:

— Nas duas últimas semanas eu andei tendo sonhos e pressentimentos, avisos de que a morte ia atingir aquilo que me era mais precioso. Dia e noite, noite e dia eu me prostrei no pó diante dEle, rezando a Ele para que tivesse piedade da minha filhinha inocente e a salvasse de todo mal. E eis aqui Sua resposta!

Bem, Ele a salvou do mal... mas sua mãe não sabia.

Ela enxugou as lágrimas dos olhos e das faces, ficou um instante contemplando a filha e acariciando seu rosto e seus cabelos. Depois repetiu, num tom amargo:

— Mas em Seu coração duro não existe compaixão. Eu nunca mais rezarei.

Ela levantou nos braços a filha morta e foi-se embora, a multidão recuando para deixá-la passar, todos emudecidos com as palavras terríveis que tinham ouvido. Ah, aquela pobre mulher! É como disse Satã, nós não sabemos distinguir entre a sorte e o azar, estamos sempre confundindo uma com o outro. Muitas vezes, mais tarde, eu ouvi pessoas rezando a Deus para que poupasse a vida de um doente, mas isso é coisa que eu nunca fiz.

Os dois funerais ocorreram ao mesmo tempo, na nossa igrejinha, no dia seguinte. Todo mundo estava lá, incluindo os convidados da festa. Satã também compareceu, o que era bem apropriado já que foi por causa dos seus esforços que os funerais aconteceram. Nikolaus tinha deixado esta vida sem receber absolvição e fizeram uma coleta para rezar uma série de missas para tirá-lo do Purgatório. Só conseguiram reunir dois terços do dinheiro necessário e os pais teriam de pedir o resto emprestado, mas Satã completou a quantia. Ele nos disse depois, em particular, que não existe Purgatório, mas que tinha contribuído para livrar de preocupações e angústia os pais de Nikolaus e seus amigos. Achamos isso muito bonito da parte dele, mas ele garantiu que dinheiro não lhe custava nada.

No cemitério, o corpo da pequena Lisa foi confiscado por um carpinteiro a quem a mãe dela devia cinquenta groschen por um trabalho feito no ano anterior. Ela nunca tinha sido capaz de pagar aquela dívida, e nem agora. O carpinteiro levou o cadáver para casa, conservou-o durante quatro dias no porão, com a mãe chorando e implorando em volta da casa dele o tempo todo, e depois o enterrou na pastagem de um irmão seu, sem nenhuma cerimônia religiosa. A mãe de Lisa enlouquecer de pesar e vergonha, abandonou o trabalho e ficava circulando o dia todo pela aldeia, amaldiçoando o carpinteiro e blasfemando contra as leis do Imperador e da Igreja – dava dó de ver. Seppi pediu a Satã para interferir, mas ele disse que o carpinteiro e os outros eram membros da raça humana e estavam agindo de modo bem adequado para sua espécie animal. Ele interferiria se encontrasse um cavalo agindo desse modo – nós deveríamos informá-lo se encontrássemos um cavalo fazendo esse tipo de coisa humana, para que ele pudesse detê-lo. Acreditamos que isso era sarcasmo, pois é claro que não existe cavalo assim.

Depois de alguns dias, descobrimos que não conseguíamos suportar a angústia daquela pobre mulher e suplicamos a Satã para examinar suas várias carreiras possíveis e ver se não poderia transformar para melhor sua vida atual. Ele disse que a mais longa de suas carreiras, tal como ela agora estava, lhe dava 42 anos de vida e a mais curta, 29, e que ambas eram carregadas de pesar, fome, frio e dor. A única melhora que ele poderia fazer seria permitir que ela desse um pulo no tempo, adiantando-se três minutos a partir de agora, e nos perguntou se deveria fazê-lo. O tempo era tão curto para decidirmos que ficamos nervosos e, antes de podermos nos refazer e pedir detalhes, ele disse que o prazo se esgotaria em poucos segundos. Foi então que gritamos:

– Faça!

– Está feito – disse ele. – Frau Brandt estava dobrando uma esquina, eu a fiz voltar atrás e isso mudou toda a sua vida.

– E agora, o que é que vai acontecer, Satã?

– Já está acontecendo. Ela está discutindo com Fischer, o tecelão. Fischer vai ficar furioso e fazer uma coisa que nunca teria feito se não fosse por essa discussão. Ele estava presente quando ela se ergueu sobre o corpo da filha e proferiu aquelas blasfêmias.

– O que é que ele vai fazer?

– Já está fazendo: denunciando a mulher. Dentro de três dias ela morre na fogueira.

Não conseguimos nem falar. Ficamos gelados de horror: se não tivéssemos nos intrometido, aquela pobre mulher teria sido poupada desse destino horrível. Satã percebeu esses pensamentos, e disse:

– O que vocês estão pensando é absolutamente humano, ou seja, tolo. A mulher sai ganhando. Morra quando morrer, ela vai para o Céu. Com essa morte imediata, ela ganha vinte e nove anos a mais de Céu do que estava destinada a ter, e escapa de vinte e nove anos de miséria aqui em baixo.

Um momento antes estávamos chegando à amarga decisão de nunca mais pedir favores a Satã para os nossos amigos, porque ele parecia não conhecer outro modo de fazer um favor a uma pessoa a não ser matando-a. Mas agora o caso mudava de figura; ficamos alegres com o que tínhamos feito e cheios de felicidade pensando nisso.

Depois de um instante eu comecei a me sentir perturbado a respeito de Fischer e perguntei timidamente:

— Esse episódio vai mudar o esquema de vida do Fischer, Satã?

— Mudar? Claro, certamente. E radicalmente. Se ele não tivesse se encontrado com Frau Brandt há pouco, ele iria morrer no ano que vem, aos 34 anos de idade. Agora ele vai viver até os 90, levando uma vida bem próspera e confortável, em termos humanos.

Senti uma grande alegria e orgulho pelo que tínhamos feito por Fischer, e esperava que Satã se solidarizasse com esse sentimento. Como ele não mostrou nenhum sinal disso, ficamos pouco à vontade. Esperamos que ele falasse, mas ele não falou. Então, para aliviar nosso desconforto, tivemos de lhe perguntar se havia algum problema na boa sorte de Fischer. Satã considerou a pergunta por um momento e depois disse, com alguma hesitação:

— Bem, o fato é que, bem... é um ponto delicado. Nas suas muitas outras carreiras possíveis, ele ia para o Céu.

Ficamos horrorizados.

— Satã, não! e nesta...?

— Ora, não fiquem assim tão angustiados. Vocês estavam sinceramente tentando fazer-lhe um favor. Que isso lhes sirva de consolo.

— Meu Deus do Céu! Isso não é consolo nenhum. Você devia ter nos dito o que estávamos fazendo, que aí não teríamos agido assim.

Mas isso não o impressionou. Ele nunca sentiu dor ou tristeza, nem sabia de modo real, na própria pele, o que eram a dor e a tristeza. Não tinha nenhum conhecimento delas a não ser em teoria — quer dizer, intelectualmente. E está claro que isso não é bom. Ninguém pode obter mais do que uma noção vaga e imperfeita de tais coisas a não ser pela experiência. Fizemos o possível para que ele compreendesse as coisas terríveis que tinham sido feitas e como estávamos comprometidos com elas, mas parece que ele não conseguiu captar a ideia. Ele disse que não achava importante para onde fosse o Fischer. No Céu, não faria falta; havia "abundância deles" por lá. Tentamos fazê-lo ver que ele não estava entendendo o princípio da coisa: que o próprio Fischer, e não outras pessoas, é quem devia decidir sobre a importância disso. Mas foi tudo em vão. Ele disse que não se importava com Fischer; havia uma abundância de gente como o Fischer.

No minuto seguinte, Fischer passou pelo outro lado da rua. Ficamos nauseados e deprimidos ao vê-lo, lembrando a maldição que, por nossa causa, pendia sobre ele. E como ele estava inconsciente de que algo tinha lhe acontecido! A gente podia ver por suas passadas elásticas e seus modos alertas que ele estava bem satisfeito consigo mesmo por ter feito aquela crueldade com a pobre Frau Brandt. A cada passo ele olhava para trás, em expectativa. E com toda certeza, logo atrás dele vinha Frau Brandt, escoltada por soldados e presa por correntes tilintantes, com uma multidão seguindo seus passos, zombando, gritando "Blasfemadora!" e "Herege!" e alguns deles eram seus vizinhos e amigos de dias mais felizes. Alguns até tentaram agredi-la, enquanto os soldados não mostravam muito interesse, como deveriam, em mantê-los afastados.

– Satã, faça-os parar!

Gritamos isso antes de lembrar que ele não poderia interrompê-los, nem por um momento, sem mudar todo o resto de suas vidas. Ele arredondou os lábios e soprou um ventinho na direção daquele povo todo e eles começaram a girar, cambalear, agarrar-se no vazio. Depois se dispersaram, fugindo em todas as direções, berrando como se sentissem uma dor intolerável. Ele tinha quebrado uma costela de cada um deles com aquele soprinho. Não pudemos deixar de perguntar se os mapas da vida deles tinha mudado.

— Sim, totalmente. Alguns ganharam anos de vida, outros os perderam. Uns poucos se beneficiarão de um modo ou de outro dessa mudança, mas somente uns poucos.

Não perguntamos se tínhamos trazido a qualquer um deles a sorte do pobre Fischer. Era melhor não saber. Acreditávamos plenamente no desejo de Satã de nos fazer favores, mas estávamos perdendo a confiança em seu julgamento. Foi nesse momento que nossa crescente ansiedade em fazê-lo olhar o mapa das nossas vidas e sugerir melhoras começou a se desvanecer, dando lugar a outros interesses.

Durante um dia ou dois, toda a aldeia ficou em polvorosa por causa do julgamento de Frau Brandt e da misteriosa calamidade que tinha atingido a multidão que a seguia. O tribunal estava lotado. Ela foi facilmente condenada por suas blasfêmias, porque proferiu de novo aquelas terríveis palavras e disse que não as retiraria. Quando avisada de que estava pondo em perigo sua vida, disse que bem podiam tirá-la logo, ela não a queria, preferia viver na perdição com os demônios profissionais do que na aldeia, com imitadores do demônio. Acusaram-na de ter quebrado todas aquelas costelas por artes mágicas e lhe perguntaram se era mesmo uma bruxa. Ela respondeu com desprezo:

– Não. Se eu tivesse aquele poder, acham que vocês, santarrões hipócritas, viveriam mais cinco minutos? Não! eu os fulminaria. Pronunciem sua sentença e me deixem ir. Estou farta da companhia de vocês.

O tribunal declarou-a culpada, ela foi excomungada, apartada das alegrias do Céu e condenada ao fogo do Inferno. Vestiram-lhe uma túnica de pano ordinário, entregaram-na ao braço secular e ela foi levada à praça do mercado, com o sino tocando solenemente o tempo todo. Nós a vimos ser acorrentada à estaca e o primeiro fio de fumaça azul erguer-se no ar parado. Então seu rosto duro se suavizou, ela olhou para a multidão compacta à sua frente e disse, com doçura:

– Brincamos juntos antes, nos dias há muito passados quando éramos criaturinhas inocentes. Em nome disso, eu os perdoo.

Fomos embora e não vimos o fogo consumi-la, mas ouvimos seus gritos, mesmo enfiando os dedos nos ouvidos. Quando os gritos cessaram, sabíamos que ela estava no Céu, apesar da excomunhão. E ficamos contentes com sua morte, sem nos arrependermos de tê-la causado.

Certo dia, pouco depois disso, Satã apareceu de novo. Estávamos sempre à espreita dele, pois a vida nunca era monótona quando ele estava por perto.

Ele veio a nós naquela clareira do bosque onde o encontramos pela primeira vez. Sendo crianças, queríamos que ele nos divertisse e pedimos que nos desse um espetáculo.

– Muito bem – disse ele. – Vocês gostariam de ver a história do progresso da raça humana? Como a humanidade desenvolveu esse produto a que chama de civilização?

Dissemos que sim.

Com um pensamento, ele transformou a clareira no Jardim do Éden e vimos Abel rezando diante do altar. Caim veio em sua direção, com a clava, ele parecia não nos ver e até teria pisado no meu pé se eu não pulasse para trás. Caim falou com seu irmão numa língua que nós não entendemos, depois foi ficando violento e ameaçador, e nós, sabendo o que ia acontecer, viramos a cabeça para o lado por um instante. Mas ouvimos o estrondo dos golpes, os gritos e gemidos. Depois houve silêncio e vimos Abel estirado em seu próprio sangue, agonizante, com Caim de pé a seu lado, olhando para ele, vingativo, sem arrependimento.

A visão desapareceu e foi seguida por uma longa série de desconhecidas guerras, assassinatos e massacres. Depois tivemos o Dilúvio, com a Arca sacudindo-se nas águas tempestuosas, as altas montanhas à distância mostrando-se veladas e indistintas através da chuva. Satã disse:

– O progresso da sua raça não fora satisfatório. Ela vai ter outra chance agora.

A cena mudou, e vimos Noé dominado pelo vinho.

Depois tivemos Sodoma e Gomorra e "a tentativa de ali descobrir duas ou três pessoas respeitáveis", como descreveu Satã. A seguir, Lot e suas filhas na caverna.

Vieram as guerras hebraicas e vimos os soldados massacrando os sobreviventes e seu gado, poupando a vida das moças e repartindo-as entre si.

A seguir tivemos Jael, esposa do quenita Héber, aquela que vimos esgueirar-se para dentro da tenda e enfiar o pino nas têmporas do hóspede adormecido, pregando-o no chão. Estávamos tão perto que o sangue, quando esguichou, escorreu num fio vermelho até nossos pés e poderíamos ter manchado nossas mãos nele, se quiséssemos.

Depois vieram as guerras egípcias, as guerras gregas, as guerras romanas, a terra horrivelmente encharcada de sangue. Vimos as traições dos romanos contra os cartagineses e o nauseante espetáculo do massacre daquele bravo povo. Também vimos César invadir a Britânia, "não porque aqueles bárbaros lhe tivessem feito algum mal, mas porque ele queria suas terras e desejava estender as bênçãos da civilização às suas viúvas e órfãos", como explicou Satã.

A seguir, nasceu a Cristandade. As épocas da Europa passaram em revista diante de nós, vimos o Cristianismo e a Civilização marcharem de mãos dadas através dos tempos, "deixando em seu rastro a fome, a morte e a desolação, e outros sinais do progresso da raça humana", como observou Satã.

E sempre guerras, mais guerras e ainda outras guerras, por toda a Europa, por todo o mundo. "Às vezes no interesse particular das famílias reais", disse Satã, "e outras vezes para esmagar uma nação fraca, mas nunca uma guerra começada pelo agressor por qualquer propósito limpo. Tal guerra nunca houve na história da raça humana."

— Bem — disse Satã — vocês viram seu progresso do início até o presente, e devem confessar que é maravilhoso, a seu modo. Vamos agora mostrar o futuro.

Ele nos mostrou carnificinas que eram mais terríveis em sua capacidade de destruir a vida e mais devastadoras em seus engenhos de guerra do que qualquer outra que tínhamos visto.

— Vocês percebem — disse ele — que fizeram um progresso contínuo. Caim cometeu seu assassinato com um bastão. Os hebreus cometiam seus assassinatos com lanças e espadas. Gregos e romanos acrescentaram a armadura protetora e a arte precisa da organização militar e da estratégia. Os cristãos acrescentaram as armas de fogo e a pólvora. Daqui a poucos séculos, terão melhorado tanto a eficácia mortífera de suas armas de extermínio que todos os homens irão confessar que, sem a civilização cristã, a guerra teria permanecido uma coisa pobre e ordinária até o fim dos tempos.

Ele começou a rir do modo mais insensível, fazendo piadas sobre a raça humana, mesmo sabendo que o que tinha dito nos envergonhava e magoava. Ninguém, a não ser um anjo, poderia ter agido assim. O sofrimento nada é para eles. Eles não sabem o que é sofrer, exceto pelo que ouvem de segunda mão.

Mais de uma vez Seppi e eu tentamos, com humildade e acanhamento, convertê-lo. Como ele ficava em silêncio, tomamos seu silêncio como uma espécie de encorajamento. É mais do que lógico que essas suas palavras de agora eram uma decepção para nós, porque mostravam que não o tínhamos impressionado. Esse pensamento nos entristeceu e soubemos então como se sente o missionário que acalentou uma doce esperança e a vê frustrada. Guardamos nossa tristeza para nós mesmos, sabendo que aquele não era o momento de continuar nosso trabalho.

Satã riu até o fim sua risada impiedosa e depois disse:

— É um progresso admirável. Em cinco ou seis mil anos, cinco ou seis grandes civilizações se ergueram, floresceram, ganharam a admiração do mundo e então se desvaneceram, desapareceram. E nenhuma delas, exceto a última, jamais inventou qualquer meio eficaz e adequado de matar pessoas. Todas elas fizeram o melhor possível, já que matar é a principal ambição da raça humana e o primeiro incidente de sua história, mas só a civilização cristã alcançou um triunfo do qual pode se orgulhar. Daqui a dois ou três séculos, o mundo reconhecerá que todos os matadores competentes são cristãos. Aí o mundo pagão irá à escola do cristão, não para aprender sua fé, mas para comprar suas armas. O turco e o chinês as comprarão e com elas matarão missionários e convertidos.

Nessa altura, seu teatro já estava de novo funcionando, com nação após nação passando diante dos nossos olhos. Durante dois ou três séculos, uma enorme procissão, uma procissão infindável, em fúria, combatendo, chafurdando num mar de sangue, asfixiada pela fumaça da pólvora através da qual reluziam os estandartes e voavam as balas rubras dos canhões. E ouvíamos sempre o estrondo das armas e os gritos dos agonizantes.

– E a que leva tudo isso? – perguntou Satã, com seu risinho diabólico. – A nada, absolutamente nada. Vocês não ganham nada. Sempre voltam ao ponto de partida. Por um milhão de anos, sua raça continuou monotonamente se propagando, monotonamente repetindo esse triste absurdo. Com que finalidade? Não há sabedoria capaz de imaginar! Quem se beneficia com isso? Ninguém, a não ser um punhado de reizinhos usurpadores e nobres que desprezam vocês. Que se sentiriam rebaixados se vocês os tocassem. Que bateriam a porta na sua cara se vocês ousassem visitá-los. Aqueles por quem vocês se escravizam, por quem lutam, por quem morrem sem se envergonharem disso, mas se orgulhando. Aqueles cuja existência é um perpétuo insulto a vocês, e a quem vocês têm vergonha de ofender. Que são mendigos alimentados com as esmolas de vocês e, no entanto, assumem para com vocês os ares do benfeitor para com o mendigo. Que se dirigem a vocês na língua do feitor para o escravo, e são respondidos na língua do escravo para o feitor. Que vocês adoram da boca para fora, enquanto no coração, se é que o têm, desprezam a si mesmos por adorá-los. O primeiro homem foi um covarde e um hipócrita, qualidades que ainda não faltaram em sua linhagem e que são o alicerce sobre o qual todas as civilizações foram construídas. Bebamos à sua perpetuação! Bebamos ao seu crescimento! Bebamos a..."

Mas então ele viu por nossas caras o quanto estávamos magoados, e interrompeu sua frase, parou de dar risadinhas e seus modos mudaram. Ele disse, com suavidade:

– Não, vamos beber à nossa saúde e esquecer a civilização. O vinho que nosso desejo fez fluir do espaço para as nossas mãos é terreno, bom demais para aquele outro brinde. Joguem fora os copos. Vamos beber de um vinho que nunca antes visitou este mundo.

Obedecemos, estendemos a mão e recebemos as novas taças que desciam. Eram belos cálices torneados, mas não tinham sido feitos de nenhum material que conhecêssemos. Pareciam estar em movimento, pareciam ter vida, e certamente suas cores estavam em movimento. Eram cores muito brilhantes e cintilantes, de todos os matizes, e nunca ficavam imóveis, mas fluíam de um lado ao outro em ricas ondas que se chocavam, rompiam e lampejavam em delicadas explosões de cores encantadoras. Pareciam opalas sendo lavadas nas ondas, eu acho, fazendo cintilar seu fogo esplêndido. Mas não existe nada que se compare ao vinho. Nós o bebemos e sentimos um êxtase mágico e estranho, como se o céu passasse através de nós. Os olhos de Seppi se dilataram e ele disse, em adoração:

– Algum dia nós estaremos lá e então...

Lançou um olhar furtivo a Satã, e acho que ele esperava que Satã dissesse: "Sim, vocês estarão lá um dia", mas Satã parecia estar pensando noutra coisa e não disse nada. Isso me fez sentir mal, pois eu sabia que ele tinha ouvido. Nada, dito ou não dito, lhe escapava. O pobre Seppi ficou com um ar aflito e não terminou a frase. Os cálices se ergueram e abriram caminho para o céu, um trio de parélios radiantes, e desapareceram. Por que eles não ficaram na Terra? Parecia um mau sinal, e me deprimiu. Será que algum dia eu verei o meu cálice de novo? E Seppi, verá o dele?

Era maravilhoso o domínio que Satã tinha sobre o tempo e a distância. Para ele, não existiam. Ele os chamava de invenções humanas, dizia que eram artificialismos. Fomos muitas vezes com ele às mais distantes partes do globo e lá permanecemos semanas e meses; contudo, em geral, estivemos fora só uma fração de segundo. Isso podia ser provado pelo relógio.

Um dia, quando a aldeia já estava terrivelmente aflita porque a Comissão de Caça às Bruxas tinha medo de instaurar processo contra o Astrólogo e os familiares do Padre Peter (ou, na verdade, contra qualquer um que não fosse pobre e desprotegido), as pessoas perderam a paciência e passaram a caçar bruxas por sua própria conta, e sua primeira vítima foi uma senhora, de nascimento nobre, conhecida pelo hábito de curar as pessoas através de artes demoníacas tais como dar-lhes banho, roupas e alimento, em vez de fazê-las sangrar e purgar através dos serviços apropriados de um barbeiro-cirurgião.

A dama surgiu em disparada, com a multidão gritando e praguejando atrás dela, tentou se refugiar nas casas, mas as portas se fechavam na sua cara. Perseguiram-na por mais de meia hora, nós seguindo para assistir, e por fim ela ficou exausta, caiu e eles a agarraram. Arrastaram-na até uma árvore, jogaram uma corda por cima de um galho e começaram a fazer um nó corrediço, enquanto alguns a seguravam e ela chorava, implorava, e sua filha olhava e soluçava, mas com medo de dizer ou fazer qualquer coisa.

Enforcaram a dama e eu também joguei uma pedra nela, embora no meu coração sentisse pena da pobre mulher. Mas todos estavam jogando pedras, cada um observando seu vizinho, e se eu não tivesse feito como os outros faziam eles teriam notado e iriam falar. Satã explodiu numa sonora gargalhada.

Todos os que estavam por perto viraram-se para ele, espantados e furiosos. Não era uma boa hora para ele rir, porque seus modos livres e zombeteiros o tinham tornado suspeito em toda a cidade e voltado muitos, em particular, contra ele. O ferreiro grandalhão agora chamava a atenção dos outros para ele, erguendo a voz para que todos ouvissem:

— Do que é que você está rindo? É bom se explicar. E também explicar porque você não atirou nenhuma pedra.

— Tem certeza de que eu não atirei nenhuma pedra?

— Sim. Não tente escapar desta. Eu estava de olho em você o tempo todo.

— Eu também! Eu também estava de olho em você! — gritaram dois outros.

— Três testemunhas — disse Satã. — Mueller, o ferreiro. Klein, o açougueiro. Pfeiffer, o ajudante do tecelão. Três mentirosos ordinários. Mais alguém?

— Não se incomode em ver se há outros ou não. E não se incomode em dizer o que pensa de nós, três testemunhas é o bastante para resolver o caso. Prove que jogou uma pedra ou as coisas vão ficar pretas para o seu lado.

— É isso mesmo! — gritou a multidão, acotovelando-se o mais perto possível do centro das atrações.

— Mas primeiro você vai responder à minha pergunta! — gritou o ferreiro, satisfeito consigo mesmo por ser o porta-voz do público e o herói do momento. — Do que é que você estava rindo?

Satã sorriu e respondeu com suavidade:

— De ver três covardes apedrejando uma senhora à morte, quando eles próprios estão tão perto da morte.

Dava de ver a multidão supersticiosa se encolhendo e prendendo a respiração, com o súbito choque. O ferreiro, num espetáculo de valentia, disse:

– Bolas! O que é que você sabe disso?

– Eu? Tudo. Por profissão eu sou um adivinho e li a mão de vocês três, e de alguns outros, quando vocês as levantaram para apedrejar a mulher. Um de vocês morrerá na próxima semana. Outro morrerá hoje à noite. O terceiro tem apenas cinco minutos de vida, e ali está o relógio!

Isso causou uma sensação. A multidão empalideceu e voltou-se automaticamente para o relógio da torre da igreja. O açougueiro e o tecelão pareciam golpeados por alguma doença, mas o ferreiro se controlou e disse, com energia:

– Não é muito tempo para esperar pela profecia número um. Se ela falhar, mocinho, você não vive um minuto além dela, isso eu lhe prometo.

Ninguém disse nada. Todos observavam o relógio numa quietude profunda que era impressionante. Quando quatro minutos e meio tinham passado, o ferreiro soltou um grito sufocado e levou as mãos ao coração, dizendo: "Ar, ar, abram espaço!" e começou a cair. A multidão ondulou para trás, sem que ninguém se oferecesse para apoiá-lo, e ele caiu pesadamente ao chão e morreu. As pessoas olharam para ele, depois para Satã, depois umas para as outras. Seus lábios se moveram, mas nenhuma palavra saiu deles. Aí Satã disse:

— Três indivíduos disseram que eu não joguei pedra. Talvez haja outros. Que falem.

Isso semeou uma espécie de pânico entre eles e embora ninguém lhe respondesse, muitos começaram a trocar acusações violentas, dizendo: "Foi você que disse que ele não jogou" e recebendo como resposta: "Isso é mentira e eu vou fazer você engolir essa mentira!" E assim, num momento, eles estavam num tumulto furioso e barulhento, batendo e espancando uns aos outros. E no meio deles estava a única pessoa indiferente — a dama morta, pendurada na corda, suas preocupações esquecidas, seu espírito em paz.

Eu fui embora, sem estar em paz, mas dizendo a mim mesmo: "Satã lhes disse que estava rindo deles, mas era mentira, ele estava rindo de mim."

Isso o fez rir de novo, e ele disse:

— Sim, eu estava rindo de você porque, com medo do que os outros diriam, você apedrejou a mulher mesmo quando seu coração se revoltava com o ato. Mas eu também estava rindo dos outros.

— Por quê?

— Porque o caso deles era igual ao seu.

— Como assim?

— Bem, havia lá sessenta e oito pessoas, e sessenta e duas delas não tinham mais vontade de atirar pedras do que você.

— Satã!

— Sim, é verdade. Eu conheço a sua raça. É feita de carneiros. É governada por minorias, raramente ou nunca por maiorias. Reprime seus sentimentos e suas crenças e segue o grupelho que faz mais barulho. Às vezes o grupelho barulhento está certo, às vezes errado. Mas não importa, a multidão o segue. Quase todas as pessoas da sua raça, sejam selvagens ou civilizadas, secretamente têm bom coração e evitam infligir dor, mas na presença da minoria agressiva e impiedosa elas não ousam se afirmar. Pense nisso! Uma criatura de bom coração espiona outra e faz com que a outra lealmente a ajude em iniquidades que revoltam a ambas. Falando como especialista, eu sei que noventa e nove em cada cem de sua raça estavam fortemente contra a morte das bruxas quando aquela loucura começou a ser agitada por um punhado de piedosos lunáticos há algum tempo. Eu sei que mesmo hoje, após eras de preconceitos transmitidos e ensinamentos tolos, só uma pessoa em vinte põe realmente o coração na caça às bruxas. No entanto, parece que todos odeiam as bruxas e querem matá-las. Algum dia um grupo vai se erguer no lado oposto e fazer mais barulho, talvez mesmo um único homem ousado com voz possante e expressão determinada o faça, e numa semana todos os carneiros darão meia-volta e o seguirão, e a caça às bruxas chegará a um fim súbito.

Ele continuou:

— Monarquias, aristocracias e religiões são todas baseadas nesse grande defeito de sua raça, a desconfiança que o indivíduo tem de seu vizinho e a vontade de ficar bem aos olhos do vizinho, em nome da segurança ou do conforto. Essas instituições permanecerão para sempre, e sempre florescerão, sempre oprimirão vocês, os afrontarão e os degradarão, porque vocês serão e permanecerão sempre escravos das minorias. Nunca houve um país onde a maioria do povo, no segredo de seu coração, fosse leal a qualquer dessas instituições.

Eu não gostei de ouvir nossa raça sendo chamada de carneiros, e disse que não achava que fôssemos.

— Mas é verdade, meu cordeirinho — disse Satã. — Veja como vocês são na guerra, verdadeiras ovelhas, e como são ridículos!

— Na guerra? Como?

– Nunca houve uma só guerra justa, nunca houve uma guerra honrosa por parte de quem a começa. Posso ver um milhão de anos no futuro e essa regra nunca mudará senão em meia dúzia de casos. O pequeno grupelho barulhento, como sempre, vai gritar por guerra. O clero, de início, vai objetar, desconfiado e cauteloso. O grosso da nação, imenso, grande e tolo, vai esfregar os olhos sonolentos e tentar imaginar porque deve haver uma guerra e vai dizer, sério e indignado: "A guerra é injusta e desonrosa, e não temos necessidade dela." Aí o grupelho vai gritar mais alto. Uns poucos homens justos no lado oposto vão argumentar e raciocinar contra a guerra, com discursos e palavras impressas, e de início terão plateias e aplausos. Mas isso não dura muito. Aqueles outros vão gritar mais alto do que eles e logo as plateias antibélicas minguam e perdem popularidade. Antes de muito tempo, você verá esta coisa curiosa: oradores apedrejados nas tribunas e a liberdade de palavra estrangulada por hordas de homens furiosos que, no segredo de seu coração, ainda estão em unidade com aqueles oradores apedrejados, como antes, mas não ousam dizer isso. E agora toda a nação, clero e tudo, aceitará o grito de guerra e gritará até ficar rouca, atacando qualquer homem honesto que se atrever a abrir a boca. E logo tais bocas deixarão de se abrir. Depois os políticos inventarão mentiras baratas, jogando a culpa na nação que será atacada e cada homem ficará feliz por essas falsidades que lhe tranquilizam a consciência, as estudará diligentemente e se recusará a examinar qualquer outro ponto de vista. Assim, pouco a pouco, se convencerá de que a guerra é justa e agradecerá a Deus pelo sono melhor que desfruta depois desse processo de grotesco auto-engano.

Dias e dias se passaram, e nada de Satã. Era chato sem ele. Mas o Astrólogo, que tinha voltado de sua excursão à Lua, passeava pela vila desafiando a opinião pública e, de vez em quando, levando uma pedrada no meio das costas, sempre que alguém que odiava bruxos e bruxas tinha uma chance segura de jogá-la e escapulir de vista. Enquanto isso, duas forças andaram trabalhando em favor de Marget. O fato de Satã, que praticamente não ligava para ela, ter parado de ir à sua casa depois de uma visita ou duas feriu seu orgulho e ela impôs a si mesma a tarefa de arrancá-lo do seu coração. Relatos sobre a dissipação de Wilhelm Meidling, trazidos a ela de vez em quando por Úrsula, a encheram de remorsos porque o sofrimento do rapaz nascera do ciúme que ele sentia de Satã. Assim, com essas duas forças trabalhando juntas sobre seu coração, Marget estava obtendo benefícios duplos: seu interesse por Satã esfriava firmemente enquanto seu interesse por Wilhelm firmemente se aquecia. Tudo o que faltava para completar sua conversão era Wilhelm tomar coragem e fazer alguma coisa que causasse comentários favoráveis e voltasse a inclinar a opinião pública a seu favor.

A oportunidade chegava agora. Marget mandou lhe pedir para defender seu tio no julgamento que se aproximava, e ele ficou extremamente satisfeito, parou de beber e começou a preparar a defesa com todo o cuidado. Com mais cuidado do que esperança, na verdade, porque o caso não era nada promissor. Ele teve muitas entrevistas em seu escritório com Seppi e eu, e esgotou nosso testemunho em todas as minúcias, tentando encontrar alguns grãos valiosos entre o refugo, mas a colheita era pobre, é claro.

Se ao menos Satã aparecesse! Esse era o meu pensamento constante. Ele podia inventar algum meio de ganhar a causa, pois tinha dito que a causa seria ganha e assim necessariamente sabia como a coisa deveria ser feita. Mas os dias se arrastavam e ele não aparecia. É claro que eu não duvidava que a causa seria ganha e que o Padre Peter seria feliz pelo resto da vida, já que Satã tinha dito isso, só que eu ficaria muito mais tranquilo se ele viesse e nos dissesse como lidar com o assunto. Já era mais do que tempo de o Padre Peter ter uma mudança segura rumo à felicidade: pelos relatos gerais, ele estava se acabando com o aprisionamento e a vergonha que pesava sobre ele, e era certo morrer de dor a menos que tivesse alívio logo.

Por fim chegou o dia do julgamento e de toda a região veio gente para assistir, até mesmo muitos estranhos vindos de consideráveis distâncias. Sim, todo mundo estava lá, exceto o acusado: o Padre

Peter sentia-se enfraquecido demais para aguentar a tensão, mas Marget estava presente, mantendo a esperança e o ânimo do melhor modo que podia. O dinheiro estava presente, também. A bolsa foi esvaziada em cima da mesa, sendo as moedas manuseadas e examinadas pelos privilegiados.

O Astrólogo tomou o banco das testemunhas, usando seu melhor chapéu e manto para a ocasião.

PERGUNTA: O senhor alega que este dinheiro é seu?

RESPOSTA: Sim.

P.: Como o senhor o obteve?

R.: Eu encontrei a bolsa na estrada quando voltava de uma viagem.

P.. Quando?

R.: Há mais de dois anos.

P.: O que o senhor fez com o dinheiro?

R.: Levei para casa e escondi num lugar secreto do meu observatório, com a intenção de encontrar o dono, se fosse possível.

P.: O senhor se esforçou para encontrar o dono do dinheiro?

R.: Sim, fiz pesquisas diligentes durante vários meses, mas não deu em nada.

P.: E então?

R.: Achei que não valia a pena continuar procurando e pensei em usar o dinheiro para acabar a construção da ala do orfanato ligada ao priorado e ao convento. Por isso tirei o dinheiro do esconderijo e contei-o para ver se estava faltando alguma moeda. E então...

P.: E então? Por que o senhor parou? Continue.

R.: Lamento ter de dizer isso, mas quando acabei de contar o dinheiro e estava guardando a bolsa no esconderijo, levantei os olhos e lá estava o Padre Peter atrás de mim.

Muitos murmuraram "As coisas vão mal", mas outros responderam "Qual, ele é um mentiroso!"

P.: O senhor ficou preocupado?

R.: Não, não pensei em nada naquele momento, porque o Padre Peter me visitava muitas vezes, sem se anunciar, pedindo ajuda para cobrir suas necessidades.

Marget ficou escarlate ao ouvir essa acusação falsa e desavergonhada de que seu tio pedia esmolas, especialmente vinda de uma pessoa que ele sempre denunciara como impostor. Ela começou a se levantar para protestar, mas conteve-se em tempo e continuou sentada, quieta.

P.: Continue.

R.: Bem, eu acabei ficando receoso de dar o dinheiro para o orfanato e preferi esperar mais um ano, continuando a procurar o dono das moedas. Fiquei feliz quando ouvi dizer que o Padre Peter tinha encontrado uma bolsa cheia de dinheiro e nenhuma suspeita me passou pela cabeça. Mesmo quando cheguei em casa, um ou dois dias depois, e descobri que meu próprio dinheiro tinha desaparecido, nem assim suspeitei dele, até que percebi que três circunstâncias ligadas à boa sorte do Padre Peter eram coincidências singulares.

P: Que circunstâncias foram essas?

R: O Padre Peter achou seu dinheiro numa trilha do bosque, eu tinha encontrado o meu na estrada. A descoberta dele consistia de ducados de ouro, a minha também. O Padre Peter achou mil cento e sete ducados, exatamente a mesma quantia que eu tinha achado.

Isso encerrou seu testemunho e dava de ver que tinha causado uma forte impressão no tribunal.

Wilhelm Meidling fez-lhe algumas perguntas e então chamou a nós, garotos, para contarmos a nossa história. As pessoas riram, deixando-nos envergonhados. Estávamos nos sentindo muito mal, de todo modo, porque Wilhelm não tinha esperanças e o demonstrava. Ele estava fazendo o melhor que podia, coitado, mas não havia coisa alguma em seu favor e toda a simpatia que pudesse existir agora se dirigia claramente para outro lado que não o do seu cliente. Podia ser difícil para o tribunal acreditar na história do Astrólogo, considerando seu caráter, mas era quase impossível acreditar na história do Padre Peter. Já nos sentíamos bem mal, mas quando o advogado do Astrólogo disse que não nos faria nenhuma pergunta porque a nossa história era um tanto delicada e seria cruel da parte dele fazer pressão sobre nós, todo mundo soltou um risinho abafado, o que era mais do que podíamos suportar. E então ele fez um curto discurso sarcástico, tornou a nossa história tão engraçada, tão ridícula, infantil, impossível, tola, que fez todo mundo rir às gargalhadas até chorar. E por fim Marget não conseguiu mais manter a coragem, deixou-se abater e chorou, e eu senti muita pena dela.

De repente, notei uma coisa que me deu coragem. Era Satã, de pé ao lado de Wilhelm! E como era grande o contraste entre eles: Satã parecia confiante e cheio de energia no olhar e na expressão, enquanto Wilhelm mostrava-se deprimido e desanimado. Seppi e eu ficamos confiantes, certos de que ele iria testemunhar e convencer os juízes de que o preto era branco e o branco era preto, ou qualquer outra cor que ele quisesse. Olhamos em volta para ver o que os outros pensavam dele – porque ele era belo, você sabe, formidável, na verdade – mas ninguém o notava. Percebemos então que ele estava invisível.

O advogado do Astrólogo dizia as últimas palavras e, enquanto as pronunciava, Satã começou a se incorporar em Wilhelm Meidling. Incorporou-se nele e desapareceu. E então houve uma mudança, quando seu espírito começou a se mostrar nos olhos de Wilhelm.

O advogado terminou seu discurso com muita seriedade, muita dignidade. Apontou para o dinheiro e exclamou:

– O amor ao dinheiro é a raiz de todo mal. Ali ele repousa, o antiquíssimo Tentador, mais uma vez vermelho de vergonha com sua última vitória... a desonra de um sacerdote de Deus e de seus dois jovens cúmplices no crime. Se o dinheiro pudesse falar, esperemos que ele fosse constrangido a confessar que de todas as suas conquistas, esta foi a mais vil, a mais patética.

Sentou-se. Wilhelm se levantou e disse:

– Do testemunho do acusador, entendo que ele encontrou este dinheiro numa estrada há mais de dois anos. Corrija-me, senhor, se acaso não o entendi bem.

O Astrólogo disse que sim, "o senhor me entendeu muito bem".

— E o dinheiro assim encontrado nunca saiu de suas mãos desde aquela época até uma certa data definida, o último dia do ano passado. Corrija-me, senhor, se eu estiver errado.

O Astrólogo concordou com a cabeça. Wilhelm virou-se para os juízes e disse:

— Se eu provar que as moedas que estão aqui não são aquelas encontradas pela testemunha há dois anos, este tribunal concordará que este não é o dinheiro do Astrólogo?

— Certamente, mas isso é irregular. Se o senhor tinha tais provas, era seu dever dar a informação apropriada e tê-la aqui para...

Ele se interrompeu e começou a consultar os outros juízes. Enquanto isso, o promotor levantou-se excitado e se pôs a protestar contra a introdução de novas provas ou testemunhas no estágio final do caso.

Os juízes decidiram que essa objeção era justa e seria mantida.

— Mas não se trata de novas provas nem de novas testemunhas — afirmou Wilhelm. — Trata-se de uma prova que já foi parcialmente examinada. Falo das moedas.

— Das moedas? O quê podem nos dizer as moedas?

— Elas podem dizer que não são as moedas que o Astrólogo possuiu um dia. As moedas podem nos dizer que não existiam no último mês de dezembro. Por sua data, elas o podem dizer.

Então era isso! Houve a maior excitação no tribunal, enquanto promotor e juízes estendiam as mãos para as moedas e as examinavam, soltando exclamações. Todo mundo estava cheio de admiração pela sagacidade de Wilhelm Meidling: imagine só ter pensado naquela ideia tão simples. Por fim o juiz chamou a sala à ordem e disse:

— Todas as moedas, exceto quatro delas, foram cunhadas no ano em curso. Este tribunal oferece sua sincera simpatia ao acusado e seu profundo pesar por ele, um homem inocente, através de um erro desafortunado, ter sofrido a imerecida humilhação da prisão e julgamento. O caso está encerrado!

Assim, o dinheiro podia falar, afinal de contas, embora o promotor tivesse dito que não. O tribunal levantou-se e quase todo mundo avançou para apertar a mão de Marget e congratular-se com ela, e depois para apertar a mão de Wilhelm e elogiá-lo. Satã tinha saído de dentro de Wilhelm e ficou parado olhando em volta, curioso, com as pessoas passando através dele em todos os sentidos, sem saber que ele estava ali. Wilhelm não conseguia explicar porque só pensou na data das moedas no último momento, em vez de ter pensado mais cedo. Ele disse que simplesmente lhe ocorreu, de repente, como uma inspiração, e que levantara o assunto sem qualquer hesitação porque, embora não tivesse examinado as moedas, parecia saber, de algum modo, que era verdade. Isso foi honesto da parte dele, e bem ao seu feitio. Qualquer outro teria fingido que pensara na coisa antes e ficara segurando para fazer uma surpresa.

Wilhelm agora estava um pouco mais apagado. Não muito, mas dava de notar que seus olhos já não tinham aquele brilho luminoso que tiveram quando Satã estava nele. Mas seus olhos brilharam de novo quando Marget aproximou-se, elogiou seu trabalho e lhe agradeceu, sem conseguir parar de mostrar como estava orgulhosa dele. O Astrólogo saiu insatisfeito, praguejando, enquanto Solomon Isaacs juntava o dinheiro e o levava embora. As moedas agora pertenciam ao Padre Peter, para todo o sempre.

Satã desapareceu. Imaginei que tivesse escapulido até a prisão para contar as novidades ao prisioneiro, e nisso eu estava certo. Todos nós cercamos Marget e nos apressamos para lá na maior velocidade, com o coração cheio de alegria.

Bem, o que Satã fez foi isto: apareceu diante daquele pobre prisioneiro e disse, "O julgamento acabou e o senhor está desonrado para sempre, é um ladrão, segundo o veredicto do tribunal!"

O choque abalou a razão do pobre velho. Quando chegamos, dez minutos mais tarde, ele caminhava pomposamente de um lado para o outro, dando ordens para este e aquele policial ou carcereiro, chamando-os de Grande Chanceler do Reino, Príncipe Fulano, Príncipe Beltrano, Almirante da Frota, Marechal de Campo e coisas bombásticas como essas. Feliz como um passarinho. Ele pensava que era o Imperador!

Marget atirou-se nos seus braços, chorando, todo mundo estava comovido de partir o coração. Ele reconheceu Marget, mas não conseguia entender porque ela estava chorando. Deu-lhe um tapinha no ombro e disse:

— Não chores, minha querida. Vê, há pessoas te olhando e lágrimas não condizem com uma Princesa de sangue azul. Conta-nos teus problemas, e nós os resolveremos. Nada há que nós, o Imperador, não possamos fazer.

Olhou em volta e viu a velha Úrsula enxugando os olhos com a barra do vestido. Ficou perplexo e disse:

— E qual é vosso problema, Duquesa?

Através dos soluços, ela explicou que estava aflita por vê-lo "assim". Ele refletiu por um instante e depois murmurou, como se falasse consigo mesmo:

— Mulher estranha, a Duquesa viúva, ela tem boas intenções, mas está sempre a fungar e nunca é capaz de dizer-nos porquê. Talvez ela própria não o saiba.

Seu olhar caiu sobre Wilhelm.

— Príncipe das Índias, adivinho que é por vossa causa que a Princesa se lastima. As lágrimas dela hão de ser estancadas. Não mais nos interporemos entre vós. Ela há de compartilhar teu trono e vós dois herdareis o meu. E então, minha pequena dama, estás de acordo? Podes sorrir agora, não é mesmo?

Acariciou Marget e beijou-a, tão contente consigo mesmo e com todo mundo que quis distribuir favores a todos nós, começando a distribuir reinos e impérios a torto e a direito; o menos que cada um de nós ganhou foi um principado. Por fim, persuadido a ir para casa, marchou em frente com atitude soberana. Quando as multidões ao longo do caminho viram como ele apreciava seus vivas, satisfizeram seu desejo ao máximo e ele respondeu com mesuras condescendentes e sorrisos graciosos, frequentemente apertando a mão de alguém e dizendo, "Deus vos abençoe, meu bom povo!"

Eu nunca vi cena de dar tanto dó. Marget e a velha Úrsula choraram o caminho inteiro.

No caminho para a minha casa, encontrei Satã e o censurei por ter me enganado com aquela mentira. Ele não ficou embaraçado, mas disse com simplicidade e calma:

– Você está enganado, não era mentira. Era verdade. Eu disse que ele seria feliz pelo resto de seus dias e ele será, pois pensará sempre que é o Imperador. Seu orgulho e sua alegria vão durar até o fim. Ele é agora, e continuará sendo, a pessoa mais absolutamente feliz de todo este Império.

— Mas o método que você usou, Satã, o método! Você não pode fazê-lo feliz sem privá-lo da razão?

Era difícil irritar Satã, mas aquela pergunta o conseguiu.

— Como você é estúpido! Será que você é tão pouco observador que ainda não percebeu que sanidade mental e felicidade são uma combinação impossível? Nenhum homem mentalmente são pode ser feliz, porque para ele a vida é real, ele vê a coisa terrível que ela é. Só o louco pode ser feliz, e não muitos deles. Os poucos que se imaginam reis ou deuses são felizes, o resto não é mais feliz do que os sadios. É claro, nenhum homem é totalmente são de mente o tempo todo, mas estou me referindo aos casos extremos. Eu tirei desse homem aquela coisa ridícula que sua raça vê como uma Mente. Substituí sua vida de chumbo por uma ficção emoldurada em prata. Você viu o resultado, e ainda critica! Eu disse que faria aquele homem permanentemente feliz, e foi o que fiz. Eu o fiz feliz pelo único meio possível a esta raça, e você não está satisfeito!

Soltou um suspiro de desalento e comentou:

— Parece que esta raça é difícil de agradar.

Foi isso, você vê. Parece que ele não conhecia outro modo de fazer um favor a um ser humano sem ser matando-o ou fazendo dele um lunático.

Eu pedi desculpa, do melhor jeito que deu. Mas, por dentro, eu não estava dando muito valor aos processos dele, naquele tempo.

Satã costumava dizer que a nossa raça vivia uma vida de contínua e ininterrupta auto-ilusão. Enganava a si mesma do berço ao túmulo com falsidades e ilusões que confundia com realidades, e isso fazia de toda a sua vida uma falsidade. Da vintena de boas qualidades que imaginava ter e das quais se orgulhava, mal e mal possuía uma. Via-se como ouro, e era apenas latão. Certo dia, quando estava nessa veia, ele mencionou um detalhe: o senso de humor. Eu me alegrei e aparteei, dizendo que sim, nós humanos possuíamos senso de humor.

– Aí falou a raça! Sempre pronta a reivindicar aquilo que não possui e a confundir seus trinta gramas de limalha de latão por uma tonelada de ouro em pó. Vocês têm uma percepção abastardada do humor, nada mais. Uma multidão de vocês a possuem. Essa multidão vê o lado cômico de milhares de coisas triviais, vulgares, enormes incongruências na maioria dos casos. Coisas grotescas, absurdas, que provocam a gargalhada tola e estrondosa. E milhares de coisas refinadamente cômicas que existem no mundo escapam à sua visão obtusa. Acaso chegará o dia em que a raça humana irá perceber como são engraçadas essas suas infantilidades e rir delas, e rindo delas, destruí-las? Pois sua raça, em sua pobreza, sem dúvida possui uma arma realmente eficaz: o riso. Poder, dinheiro, persuasão, súplica, perseguição, tudo isso pode enfrentar uma impostura colossal, repeli-la um pouco, enfraquecê-la um pouco, século após século. Mas só o riso pode explodi-la em mil fragmentos, transformá-la em farrapos. Nada resiste ao ataque do riso. Vocês estão sempre se agitando e lutando com suas outras armas. Alguma vez usam esta arma poderosa? Não. Vocês a deixam de lado, enferrujando. Como raça, vocês chegam a usá-la? Não. Falta-lhes bom senso e coragem.

Estávamos viajando nessa época e paramos numa pequena cidade da Índia para ver um prestidigitador fazendo seus truques diante de um grupo de nativos. Os truques eram maravilhosos, mas eu sabia que Satã podia fazer coisas ainda mais maravilhosas e lhe pedi que se exibisse um pouco. Ele concordou. Transformou-se num nativo, com turbante e tanga, como favor especial conferiu-me o conhecimento temporário daquela língua.

O prestidigitador exibiu uma semente, colocou-a num vaso, cobriu-a com terra e pôs um trapo sobre o vaso. Após um minuto, o trapo começou a erguer-se. Em dez minutos, tinha se erguido uns 30 centímetros. Quando ele tirou o trapo, surgiu uma arvorezinha, com folhas e frutos maduros. Comemos os frutos, que eram bons. Mas Satã lhe perguntou:

– Por que você cobre o vaso? Você não consegue fazer a árvore crescer à luz do sol?

– Não – disse o prestidigitador. – Isso ninguém consegue.

– Você é apenas um aprendiz, não conhece sua arte. Dê-me a semente. Eu vou lhe mostrar.

Satã pegou a semente e perguntou:

– O que devo fazer crescer com ela?

– Já que é uma semente de cerejeira, é claro que você vai fazer crescer uma cerejeira.

– Ah, não, isso é ninharia que qualquer aprendiz é capaz de fazer. Devo fazer crescer dela uma laranjeira?

– Claro!

E o prestidigitador riu.

– E devo fazê-la dar outros frutos além das laranjas?

– Se for essa a vontade de Deus.

E todos riram.

Satã pôs a semente no chão, colocou um punhado de terra sobre ela e ordenou: "Ergue-te!"

Um caule fininho irrompeu do chão, começou a crescer e cresceu tão depressa que em cinco minutos havia uma árvore imensa, com nós todos estávamos sentados à sua sombra. Houve um murmúrio de espanto, todos olharam para cima e viram uma coisa estranha, linda, porque os galhos estavam pesados de frutos de várias cores e espécies: laranja, uva, banana, pêssego, cereja, abricó e por aí em diante. Os nativos trouxeram cestos e a coleta começou. As pessoas se aglomeraram em volta de Satã, beijaram-lhe a mão e o louvaram, chamando-o de Príncipe dos Prestidigitadores. A notícia correu pela cidade e todo mundo veio correndo ver a maravilha, sem esquecer de trazer cestos. Mas a árvore estava à altura da ocasião. Criava novos frutos tão depressa quanto os frutos eram colhidos. Os cestos se encheram às vintenas, às centenas, mas o suprimento permanecia sempre igual, sem diminuir. Até que por fim chegou um estrangeiro, de linho branco e chapéu de sol, que exclamou furioso:

– Todos para fora daqui! Fora, cães. A árvore está em minhas terras e é minha propriedade.

Os nativos largaram os cestos e fizeram humildes mesuras. Também Satã fez uma humilde mesura, com os dedos na testa à moda nativa, e disse:

— Por favor, senhor, deixe-os sentir este prazer por uma hora, senhor, só uma hora e nada mais. Depois poderá proibi-los, e ainda terá mais frutos do que o senhor mesmo e toda a região podem consumir em um ano.

Isso enfureceu o estrangeiro e ele gritou:

— Quem é você, seu vagabundo, para dizer aos superiores o que eles podem ou não fazer?!

E bateu em Satã com a bengala, complementando esse erro com um pontapé.

No mesmo instante, as frutas apodreceram nos galhos, as folhas secaram e caíram. O estrangeiro olhou para os galhos nus com uma expressão de espanto e infelicidade. Satã disse:

— Cuide muito bem desta árvore, porque a saúde dela e a sua estão ligadas agora. Ela nunca mais vai dar frutos, mas se você tratá-la, ela poderá viver bastante. Regue suas raízes de hora em hora, toda noite, e faça isso você mesmo. Não adianta mandar nenhuma outra pessoa regá-la. E não adianta regá-la durante o dia. Se você deixar de regá-la uma única vez em qualquer noite, a árvore morrerá, e você também. Nunca mais volte para o seu país natal, você não chegaria lá vivo. Não faça negócios nem assuma compromissos que exijam sua presença fora dos seus portões à noite, você não pode correr esse risco. Não alugue nem venda este lugar, seria imprudente.

O estrangeiro era orgulhoso e não quis suplicar, mas eu achei que ele tinha jeito de quem queria suplicar. Enquanto ele estava olhando para Satã, nós desaparecemos e fomos parar no Ceilão.

Fiquei com pena daquele homem. Satã devia ter feito o que lhe era habitual: matá-lo ou tirar-lhe a razão. Teria sido um ato de misericórdia. Satã percebeu meu pensamento e disse:

— Eu teria feito isso, mas não fiz por causa da esposa dele, que nunca me ofendeu. Ela está agora vindo de sua pátria, Portugal. Ela está bem, mas não vai viver muito tempo, e está ansiosa para ver o marido e convencê-lo a voltar com ela no ano que vem. Vai morrer sem saber que ele não pode abandonar aquele lugar.

— Ele não vai contar nada para a mulher?

— Ele? Não vai confiar esse segredo a ninguém. Vai refletir que poderia ser revelado durante o sono, ao alcance dos ouvidos do servo de algum hóspede português num momento ou noutro.

— Nenhum daqueles nativos entendeu o que você lhe disse?

— Nenhum deles entendeu, mas o homem sempre terá medo de que alguém tenha entendido.

Esse medo será uma tortura para ele, pois tem sido um patrão severo para seus criados. Em seus sonhos, vai imaginar que eles estão derrubando a árvore a machadadas. Isso vai tornar seus dias desagradáveis, porque suas noites, eu já as tornei muito desagradáveis.

Entristeceu-me, mas não muito, ver como ele encontrava uma maliciosa satisfação em seus planos para aquele estrangeiro.

— Ele acreditou no que você lhe disse, Satã?

— Ele acha que não, mas nosso desaparecimento ajudou. A árvore, surgindo onde antes não havia árvore alguma, ajudou. A louca e extravagante variedade de frutas, a secagem súbita, tudo isso ajudou. Ele que pense o que quiser, raciocine como quiser, uma coisa é certa: ele vai regar a árvore. Mas entre agora e o cair da noite, ele vai começar sua nova linha de vida tomando uma precaução muito natural, por si mesmo.

— O que você quer dizer?

— Vai buscar um padre para expulsar o demônio da árvore. Vocês certamente são uma raça humorística, e não suspeitam disso.

— Ele vai contar ao padre?

— Não. Vai dizer que um prestidigitador de Bombaim criou a árvore e que ele quer que os demônios do prestidigitador sejam expulsos da árvore para que ela floresça e volte a dar frutos. Os sortilégios do padre não vão funcionar. E então o português vai desistir da luta e aprontar o regador.

— Mas o padre vai queimar a árvore. Eu sei. Ele não vai permitir que ela fique de pé.

— Sim, e em qualquer parte da Europa ele queimaria o homem, também. Mas na Índia as pessoas são civilizadas e essas coisas não acontecem. O homem vai afastar o padre e cuidar da árvore.

Pensei um pouco e então disse:

— Satã, você lhe deu uma vida bem dura, acho.

— Pode ser. Não vai ser um feriado, certamente.

Saltitamos de ponto a ponto em volta do mundo como tínhamos feito antes, com Satã mostrando-me uma centena de maravilhas, a maioria delas refletindo de algum modo a fraqueza e a trivialidade da nossa raça. Ele agora fazia isso a cada poucos dias, não por maldade, tenho certeza, porque isso só parecia diverti-lo e interessá-lo, mas do mesmo modo que um naturalista se divertiria e se interessaria por uma coleção de formigas.

Durante um ano Satã continuou com essas visitas, mas por fim começou a vir com menos frequência e então por um longo tempo simplesmente desapareceu. Eu me sentia solitário e melancólico. Percebia que ele estava perdendo o interesse pelo nosso pequenino mundo e poderia a qualquer momento parar com suas visitas. Quando um dia ele finalmente surgiu diante de mim, fiquei louco de alegra, mas só por pouco tempo. Tinha vindo para dizer adeus, disse ele, pela última vez. Investigações e incumbências noutros cantos do Universo, disse ele, o manteriam ocupado por um período mais longo do que eu poderia esperar.

– Quer dizer que você está indo embora e não volta nunca mais?

– Sim – disse ele. – Nós dois fomos amigos por bastante tempo e foi agradável, agradável para ambos. Mas agora eu preciso ir, e nós nunca mais nos veremos.

– Nesta vida, Satã. Mas, e na outra? Nós certamente vamos nos encontrar na outra vida, não é?

E então, cheio de calma e utranquilidade, ele deu a estranha resposta:

– Não há outra.

Uma sutil influência soprou do seu espírito sobre o meu, trazendo consigo um sentimento vago e indistinto, mas abençoado e esperançoso, de que aquelas incríveis palavras pudessem ser verdadeiras — talvez tivessem de ser verdadeiras.

— Você nunca suspeitou disso, Theodor?
— Não. Como poderia? Mas, se isso for verdade...
— É verdade.

Uma rajada de gratidão ergueu-se em meu peito, mas uma dúvida a deteve antes que pudesse ser expressa em palavras, e eu disse:

— Mas, mas nós vimos aquela vida futura... vimos na realidade, e assim...

— Era só uma visão, não tinha existência real.

Eu mal podia respirar, tamanha era a esperança que lutava dentro de mim.

— Uma visão? uma vi...
— A própria vida é apenas uma visão, um sonho.

Foi eletrizante. Por Deus! Eu tivera esse mesmo pensamento mil vezes nas minhas divagações!

— Nada existe. Tudo é um sonho. Deus, o homem, o mundo, o Sol e a Lua, a imensidão das estrelas, um sonho, tudo um sonho. Coisas que não existem. Nada existe a não ser o espaço vazio... e você!

— Eu?
— E você não é você. Não tem corpo, nem sangue, nem ossos, você é apenas um pensamen-

to. Eu próprio não tenho existência, sou apenas um sonho, um sonho seu, uma criatura da sua imaginação. Num momento você terá percebido isso e então me banirá das suas visões e eu me dissolverei no nada do qual você me fez... Já estou indo, estou me dissolvendo, estou desaparecendo. Dentro em breve você estará sozinho no espaço sem limites, para peregrinar eternamente em suas solidões ilimitadas, sem amigo ou companheiro, pois você permanecerá um pensamento, o único pensamento que existe, e, por sua própria natureza, inextinguível, indestrutível. Mas eu, seu pobre servo, revelei você a si mesmo e o libertei. Sonhe outros sonhos, e melhores!... Estranho, estranho que você não tenha suspeitado disso há anos, há séculos, milênios, eras, pois você tem existido, sem companhia, por todas as eternidades. Estranho, na verdade, que você nunca tenha suspeitado que este Universo e seu conteúdo fossem apenas sonhos, visões, ficção! Estranho, porque eles são tão franca e histericamente insanos, como todos os sonhos: um Deus que pudesse fazer bons filhos com tanta facilidade quanto os faz maus, e ainda assim preferisse fazer os maus. Que pudesse tornar feliz cada um deles e, ainda assim, nunca fizesse feliz um só deles. Que os fizesse dar valor à sua vida amarga e, ainda assim, a encurtasse dolorosamente. Que deu a seus anjos uma imerecida felicidade eterna e, no entanto, exige que seus outros filhos se tornem merecedores dela. Que deu a seus anjos uma vida sem dor e, contudo, amaldiçoou seus outros filhos com amargas tristezas e doenças da mente e do corpo. Um Deus que fala de Justiça, e inventou o Inferno. Fala de Misericórdia, e inventou o Inferno. Fala das Regras de Ouro e do perdão multiplicado por setenta vezes sete, e inventou o Inferno. Fala de Moral para os outros e não tem nenhuma Ele próprio. Franze o cenho diante dos crimes, mas comete todos os crimes. Que criou o homem sem lhe ser pedido, e depois tenta transferir a responsabilidade dos atos humanos ao homem, em vez de honradamente colocá-la no lugar que lhe cabe: em Si mesmo. E finalmente, com absoluta obtusidade divina, convida esse pobre e abusado escravo a adorá-Lo!... Você percebe, agora, que todas essas coisas somente são possíveis num sonho. Você percebe que elas são puras insanidades pueris, as tolas criações de uma imaginação que não está consciente de suas monstruosidades. Numa palavra, percebe que elas são um sonho e você é o criador desse sonho. Os sinais do sonho estão todos presentes, você deveria tê-los reconhecido mais cedo... É verdade, o que eu lhe revelei. Não há nenhum Deus, nenhum Universo, nenhuma raça humana, nenhuma vida terrena, nenhum Paraíso, nenhum Inferno. É tudo um sonho, um sonho grotesco e tolo. Nada existe a não ser você. E você nada mais é que um pensamento. Um pensamento andarilho, um pensamento inútil, um pensamento sem lar, peregrinando desesperado pelas vazias eternidades!"

Ele desapareceu e me deixou amedrontado. Porque eu sabia, eu percebia, que tudo o que ele tinha dito era verdade.

MARK TWAIN: UM PRECURSOR DO XAMANISMO MODERNO

Durante um congresso sobre fenômenos de transe, realizado em Marrakesh em 1992, conheci Luis Pellegrini. Descobrimos uma paixão em comum: a viagem através do tempo e do espaço, em busca das crenças que o homem cria para sobreviver e dar sentido à sua existência.

E acabei sendo convidado a escrever o prefácio para um livro de Jack London ("O Andarilho das Estrelas") que a Axis Mundi (editora de Luis Pellegrini, Caio Kugelmas e Merle Scoss "in memoriam") publicou no Brasil em 1994. Jack London, como Mark Twain, marcou muito a minha infância. Os dois surgiram do sonho americano. Os dois foram aventureiros e militaram a vida toda nos quadros do Partido Socialista americano. E os dois abandonaram o socialismo no final da vida – desesperados por ver que seus ideais de um mundo melhor continuavam inacessíveis à classe operária.

Os dois quiseram, antes de morrer, escrever um último livro: cada um, à sua maneira, imagina um novo *El Dorado*, uma outra dimensão gerada pela imaginação criadora do homem, vinda de sua essência interior, sempre rebelde aos discursos das ideologias dominantes.

E agora Luis Pellegrini me pede para apresentar "O Estranho Misterioso", de Mark Twain, o menos conhecido de seus escritos, publicado em 1916, seis anos após sua morte. Tão pouco conhecido é esse livro que nem existe tradução atual dele em francês, salvo uma edição de Quebec esgotada já há muito tempo. Para mim é uma grande alegria atender a esse pedido. Como contei no prefácio de "O Andarilho das Estrelas", essa visão do novo homem, libertado de todas as cadeias ideológicas, linguísticas e sociais, faz parte da minha própria história.

Com "O Estranho Misterioso" é toda uma fase da vida que me volta à memória: o Mediterrâneo e o garoto rebelde que fui e ainda sou, mesmo que tenham se passado 70 anos desde o momento em que descobri Jack London e Mark Twain numa gruta às margens desse mar eterno no qual agora flutuo diante da Sardenha, ilha misteriosa onde o homem pré-histórico se comunicava com o mundo mineral.

De repente, a surpresa... levanto os olhos, o barco se detém diante de uma falésia de granito rosado e, na sua base, surge uma gruta. Um rápido olhar à gruta eterna que criei em mim – quando criança, esse espaço íntimo onde o sonhador dá forma aos meus sonhos.

Mark Twain e Jack London têm como herdeiros diretos Carlos Castañeda e os novos xamãs das tribos indígenas americanas e os povos oprimidos pelo modelo social dominante no nosso planeta. Castañeda representa a busca de uma mudança de paradigma ou ainda uma travessia do simbólico para se alcançar outra dimensão do homem criador de significado.

A publicação, em 1967, do primeiro livro de Castañeda sobre a iniciação secreta de certos xamãs Yakis não alcançou aceitação unânime entre os etnólogos americanos. À medida que os volumes seguintes iam sendo publicados, os protestos tornavam-se cada vez mais violentos; chegou-se a ponto de censurar os professores da Universidade de Los Angeles por terem conferido um doutorado de filosofia a Castañeda.

Castañeda, por sua vez, dentro da mais pura tradição xamânica, desapareceu, deixando a seus leitores a tarefa de alcançar a lua para a qual ele aponta ao longo de toda a sua obra.

Sua obra obteve um sucesso indiscutível nos meios da psicologia e nos centros de desenvolvimento do potencial humano. Quando seu primeiro livro apareceu, a América do general Eisenhower era questionada, a revolução do LSD tinha provocado o desabamento das barreiras tradicionais entre os gêneros literários.

Como a mensagem de Castañeda sobre a visão xamânica do índio nômade e seu espaço-tempo não pertencia ao campo social dominante, foi aceita com entusiasmo por certa juventude contestatória. Tal como Tournier no livro "Sexta-feira ou os Limbos do Pacífico", Castañeda sai da cidade organizada. A mudança de paradigma lhe permite alcançar outra realidade espaço-temporal.

Para além do conceito de causalidade, ele abre uma fenda da qual jorra a experiência da coincidência e da sincronicidade, questionando o princípio da causalidade.

Diante do Estado, dos órgãos instituídos, do behaviorismo triunfante, ele propõe o jogo do "aqui e agora" e das técnicas que permitem passar da causalidade para a coincidência, bem como a sincronicidade dos fenômenos em vez da noção do tempo linear.

Esperava-se um discurso universitário e o que surgiu foi a narrativa de uma experiência individual, a busca de uma sincronia entre os ritmos do corpo e os ritmos do Universo. Essa concepção era inaceitável para os representantes da ordem estabelecida.

Com Nixon, a fortaleza americana se fecha para enfrentar todos os questionamentos do sistema social dos anos 60.

Como se pôde conferir um doutorado de filosofia a um chileno que via gigantes mexicanos no Arizona, tal como William Blake viu o gigante megalítico "Albion" nas ruas de Londres?

Caso ainda se trate de antropologia, já não é mais uma antropologia no sentido habitual do termo.

Objetivamente, não tenho como saber se os fatos relatados por Castañeda realmente ocorreram. Mas eis o que me importa: eles revelam uma mudança de paradigma surgindo no inconsciente social?

Enquanto gênero, eles fazem parte da literatura americana. É a pesquisa da revelação sobrenatural dos índios da América do Norte. Encontramos um capítulo referente a esse gênero de literatura aborígine no *Cambridge History of American Literature*, bem como em certas narrativas de Jack London ("O Andarilho das Estrelas") e de Mark Twain ("O Estranho Misterioso").

Quanto à minha pesquisa sobre as diversas abordagens do conceito de "aqui e agora", eu diria que Castañeda se ocupa com aquilo que Carl Gustav Jung procurou definir em seus últimos ensaios: os campos sincrônicos que nos fazem passar da causalidade à coincidência.

A relação de simpatia torna-se um substituto possível para a relação de causalidade no jogo terapêutico que visa permitir uma transformação social. Pitágoras nos dá uma definição sublime: "Meu amigo é meu outro eu. Quando estou com meu amigo, não posso estar só. Mas nós não somos dois."

A realidade comum se organiza segundo o encadeamento das causas e efeitos. Nos momentos de atenção intensa, ou em certos momentos terapêuticos privilegiados, surgem as camadas profundas do ser essencial. A relação de causa e efeito se apaga ante o surgimento da coincidência e da sincronicidade.

Encontramos essas mesmas mudanças de sentido na microfísica, onde o quantum de matéria se torna um acontecimento, surgido aqui e agora do encontro de duas faixas de ondas cuja ação se estende por todo o universo espaço-temporal através do jogo do princípio da sincronicidade.

Sabemos, na verdade, que as categorias de que se serve Jung estão próximas daquelas utilizadas pelos físicos dos dias de hoje.

Foi Paoli quem colaborou com Jung para definir as categorias dessa hiper-realidade de que fala este último.

Independentemente de Jung, houve nos Estados Unidos dos anos 60 um grande número de experimentações psicológicas que visavam determinar a natureza dessa "hiper-realidade".

White, numa antologia intitulada "Les frontières de la conscience", agrupou essas diversas pesquisas.

Os trabalhos de Franck Floyd, em particular, nos oferecem a introdução racional ideal para a obra de Castañeda. Eles mostram, graças aos registros encefalográficos, aquilo que ocorre no cérebro nos diferentes estados de consciência.

No estado de vigília, o homem normal tem uma emissão das ondas cerebrais chamadas "beta" da ordem de 14-30 por segundo. Nessa velocidade de emissão, temos certa representação do nosso ambiente.

Nos estados de sonho ou de meditação, as emissões de ondas se desaceleram (caem para 8-13 por segundo) e daí provém uma mudança da nossa percepção do mundo. O mundo se torna mais vivo, mais colorido, mais detalhado. Esse fluxo de ondas é denominado "alfa".

Em sua representação, Floyd estabelece um paralelo entre o ritmo dessas ondas e a velocidade de um projetor de filmes. Quando a velocidade se desacelera, o tempo deixa de se escoar e então surgem estranhas impressões: beatitude, calor, vibrações, etc. Quando se chega a 3-7 emissões por segundo, o projetor dispara uma foto atrás da outra. É a emissão das ondas "théta" e alcança-se um êxtase intolerável e maravilhoso.

Através de uma atenção voltada para as sensações internas, por uma progressão cientificamente mensurável, toca-se o espaço onde o tempo deixou de escoar, onde não se percebe mais nada porque se percebe tudo. Consideremos, em particular, que as experiências vividas sob efeito de alucinógenos nos permitem viver estados de consciência paradoxais.

A prática de técnicas que permitem a passagem e o jogo com estados alucinatórios —tal como o encontro com o personagem a quem Castañeda denominou "o Nagual"— situa-se fora do tempo habitual e corresponde ao momento em que o projetor cinematográfico para.

Também quero citar Wilson Vanduren, psiquiatra californiano que tratava seus clientes dialogando com os personagens das alucinações. Vanduren fala com esses personagens aceitando a plena realidade deles. Segundo ele, a maioria desses personagens são entidades fracas, incapazes de raciocinar e se conduzir racionalmente; mas em certos casos, encontramo-nos diante de entidades fortes e dotadas de razão. Observamos as mesmas distinções entre os personagens do universo de Castañeda.

Vanduren interroga os personagens diretamente, assim como o exorcista, em sua época, falava com os demônios – presumia que os demônios estavam ali e que ele não precisava falar com o possesso. O que levanta a questão da existência das múltiplas personalidades que surgem nos rituais animistas...

Quero relembrar também os trabalhos de John Lily sobre a comunicação com os golfinhos e suas pesquisas sobre a situação psíquica do homem colocado em isolamento sensorial.

Essas experiências podem ter sido úteis a Castañeda na elaboração de seu material. Duvidou-se que o mundo por ele revelado fosse um mundo verdadeiro. Acredito que não se tratava da "verdade" no sentido habitual do termo. Pois bem, então de que gênero de verdade fala ele?

Acho que o único critério sério para determinar se ele fala de coisas verdadeiras é a tradição. Acaso essas experiências são reconhecidas por uma tradição universal relativa a esses fenômenos?

A esse respeito, não se pode comunicá-las através de fórmulas –seríamos reduzidos ao silêncio– mas podemos oferecer as indicações e quem quiser que as siga, pois a tradição é também a memória do tempo e do espaço, acumulada em nós desde a origem e da qual precisamos apropriar a nós o sentido. (Etimologicamente, tradição significa tradução.)

As indicações que podem ser fornecidas sobre o valor de que fala Castañeda apresentam paralelos com as experiências relatadas em outras tradições.

Sempre que ele relata uma experiência que poderia parecer fictícia ou arbitrária, encontramos a descrição de experiências similares em outras tradições.

Um exemplo: Castañeda fala de uma maneira de entrar em transe voltando os olhos subitamente para a esquerda. Trata-se de uma maneira de imaginar um sistema de iniciação? Inventam-se técnicas que ninguém consegue verificar e que não existem na literatura sobre os Yakis. Ora, os movimentos dos olhos existem na yoga de Bali e também são encontrados no treinamento dos dançarinos de Kathakali, no sul da Índia, no "dzo chen" como meio de passar do mundo ordinário para o mundo extraordinário (do tonal ao nagual) e ainda na PNL (programação neurolinguística).

Outro exemplo: o companheiro de Don Juan, o Iniciador, mostra-se com filamentos de luz como se seu corpo tivesse extensões que lhe permitissem conectar-se às pedras e apoiar-se nelas.

No aikidô –que tem origem nos exercícios taoístas– a pessoa pratica tentando imaginar a energia se estendendo além de suas mãos e braços. Assim modificando a imagem de seu corpo, a pessoa adquire novas possibilidades de expressão. Ela chega a lançar-se no espaço, golpear o adversário ou apenas se defender, de uma maneira que seria impensável através de um simples esforço muscular. Trata-se aqui de uma modificação dirigida das possibilidades corporais?

Essa manifestação energética também existe na patologia. É preciso vários enfermeiros fortes para dominar um maníaco em crise, porque ele desenvolve uma imagem de seu corpo que permite que sua energia se dilate de uma maneira impensável para um homem que tenha uma imagem normal de seu corpo. O trabalho sobre o desenvolvimento do imaginário é essencial no aikidô, no dzo chen, no shinto, etc. Como em todas essas práticas tradicionais, temos também a prática do sonho dirigido na iniciação descrita por Castañeda. Sonhos dirigidos nos quais, por exemplo, se deve: "Ver sua mão durante o sonho, é um exercício proposto pelo Iniciador". Se você consegue ver sua mão no sonho, você pode dirigir o sonho. Toda a prática da direção dos sonhos é a mesma que encontramos, por exemplo, entre os Semoy, na Malásia, no tantra tibetano –o dzo chen– ou no "sonho desperto" dirigido de Desoille e dos surrealistas.

Outros exercícios parecem ter sido imaginados por Castañeda. Por exemplo, em seu encontro com as cinco feiticeiras mexicanas, estas formam com ele um emaranhado de corpos, uma espécie de inseto enorme que volteia no espaço. Os personagens que formam esse grande inseto vão tendo experiências diferentes à medida que o inseto coletivo volteia. No códice asteca, encontramos a descrição de práticas similares. Encontramos rituais semelhantes no candomblé e na umbanda brasileiros e nas manifestações espíritas.

A arte de ver os sons, ensinada na prática de Castañeda (ou seja, dar prioridade ao acústico e não ao visual), é uma prática frequente entre todos os povos cuja cosmogonia pressuponha que o plano acústico precede o plano visível, que o visível provém do som – isto é, do verbo. Mas vemos que um desenvolvimento absolutamente lógico decorre dessa premissa: é preciso se concentrar não apenas nos sons e na imbricação dos sons, mas também no espaço entre os sons, no silêncio entre os sons.

Carl Gustav Jung fala também do *Unus Mundus*, o mundo unitário ou cessação da relação de causa e efeito. Todos os personagens de Castañeda têm por objetivo alçar-se ao *Unus Mundus* (o Nagual) e também nos oferecem a maneira de chegar até lá – deixando de se ver, de se construir e de se interpretar como um objeto sólido.

Quando o homem deixa de se ver como um centro de consciência identificado a um objeto sólido (o seu corpo), ele pode se identificar com todas as realidades, incluindo a pedra e a planta. Ele se vê como centro de consciência, sem apego material. Quando consegue realizar essa operação alquímica através do domínio do imaginário, ele vive no *Unus Mundus* de Jung. Ele realiza uma desidentificação da imagem que tem de si mesmo.

Em Castañeda, há uma série de temas particulares que são absolutamente universais. Por exemplo, a ideia de portas que se entrechocam e que são as paredes do espelho entre os dois mundos —o mundo normal e o *Unus Mundus*— é um tema universal. Trata-se aqui da passagem da consciência social normalizada para outras dimensões? Não esqueçamos que a distância entre o delírio e a criação artística tem a espessura de um fio de cabelo!

Há numerosas referências em todas as narrativas, da tradição xamânica à tradição védica, desse tema de portas ou rochedos que se entrechocam. A diferença é que Castañeda fala do tema como de uma experiência vivida.

Em diversas tradições encontramos aquilo de que ele nos fala. No início do romance, Castañeda deve encontrar seu lugar. Don Juan lhe diz: "Deves encontrar teu lugar." Ele se irrita com essa ordem, não sabe exatamente o que significa "encontrar seu lugar". Mas depois ele rola no chão e busca até encontrar um local que sente ser "seu lugar". Esse jogo esteve muito em moda nos Estados Unidos há alguns anos. Essa busca também existe na Tradição Universal. Eu próprio passei por uma experiência similar quando estive no Afeganistão, no caminho de Herat, onde há santuários dedicados a "Baba, o Rolante", um mestre sufi do século XIV. A pessoa deve se lançar por terra enquanto o guardião do santuário recita fórmulas corânicas. Como eu não queria ser descortês com o velho guardião, fingi rolar no chão. Entreguei-me ao jogo, mas num dado momento eu rolava de um canto a outro do templo, como um louco. Naquele exato momento, surgiu em mim a íntima convicção de que eu tinha encontrado meu lugar no centro de mim mesmo. Essa técnica é prática corrente em certas comunidades sufis do Irã.

Castañeda descreve outra experiência: ensinaram-lhe a ver os sentimentos das pessoas como figuras, a solidificar sua impressão dos estados de alma do outro.

Quanto ao próprio Castañeda, nada se sabe – ele partiu para sempre, em 1998. Mas deixou a coisa mais importante para um escritor: sua linguagem.

Examinemos agora a parte mais importante de Castañeda, ou seja, sua língua. Vê-se que é o inglês norte-americano, com elementos da gíria. É a linguagem que escolheria um escritor experiente para descrever coisas tão distantes da experiência comum. A pessoa que desejasse exprimir as experiências místicas dos dias de hoje não poderia, por certo, empregar uma linguagem elaborada do tipo lacaniano; precisaria utilizar uma língua abrupta e popular, como os místicos ingleses da Idade Média.

É exatamente isso o que faz Castañeda em seus escritos. Acredito que se trata de uma escolha, porque ele, quando quer, faz descrições bastante poéticas. Seu estilo relembra estranhamente certas técnicas da psicologia humanista utilizadas instintivamente por certos animadores para provocar o efeito-surpresa que rompe o ritmo da vida ordinária, em particular os jogos da psicoterapia da Gestalt. Ele é direto e *naïf*, com uma ausência de teorizações e análises que favorece a passagem ao ato e a expressão da pulsão do desejo.

Primeira regra: ele nunca emprega um adjetivo se pode evitá-lo, ou utiliza adjetivos inesperados para o leitor. Por exemplo: qual a sensação do homem quando voa como um pássaro? Você poderia esperar todos os adjetivos do mundo, exceto aquele que ele escolheu: "ele se sente *triste*". Há sempre esse efeito de surpresa.

Segunda regra: quando acontece alguma coisa extraordinária —e em seus livros quase só acontecem coisas extraordinárias— ele sempre deve encontrar uma explicação racional; mas essa explicação só é dada depois de certo tempo. Há um período, portanto, em que o leitor se rebela contra aquilo que está sendo narrado, mas o aceita por ser miraculoso; ao mesmo tempo, nos rebelamos contra o miraculoso e aceitamos o miraculoso. Depois, quando a explicação é oferecida, a rebelião deixa de ter sentido e só permanece a impressão do miraculoso.

Terceira regra: o leitor precisa sofrer uma série de microchoques, de traumas. Isso se obtém apresentando os efeitos antes de apresentar as causas. Fala-se de sensações físicas antes de falar dos sentimentos. Por exemplo, ele fala de um gosto metálico na boca antes de dizer que sente medo. Esse método da inversão cria a atmosfera de choque contínuo. Encontramos essa abordagem da realidade nas técnicas do aqui e agora.

Quarta regra: quando se formula um sentimento forte, primeiro esse sentimento é negado e depois, pouco a pouco, é admitido. Na primeira cena do último romance de Castañeda, Carlos encontra uma velha que se tornou feiticeira e agora conserva o aspecto juvenil. O que ele sente diante dessa mudança é medo; mas a primeira coisa que ele diz a si mesmo é: "Não há razão para ter medo." Seguem-se algumas frases e então ele diz que talvez haja uma razão para ter medo. Volta atrás. E chega um momento em que ele diz: "Eu estou aterrorizado." Essas contestações sucessivas criam uma atmosfera na qual precisamos admitir o terror e, nessa cena, tudo é redobrado porque a conclusão é: "Eu sinto terror... portanto, ela é uma feiticeira." Mas, no momento em que o leitor se prepara para deduzir que a velha é realmente uma feiticeira, ela diz a Carlos:

"Tu és um demônio." (O efeito de choque da palavra inspirada, o rápido piscar de olhos vindo de outro lugar.)

Quinta regra: observamos na língua de Castañeda um jogo constante de traduções. É uma língua traduzindo outra língua, mais precisamente o espanhol do Iniciador. E às vezes ele mesmo faz também a tradução – para nos forçar a medir a distância. Por exemplo: "Há muitos caminhos iniciáticos, mas somente um deles te é destinado", repete o Mestre, "e tu podes escolher teu caminho se sentires que se trata de um caminho que *tiene corazón* (que tem coração)". Mas, o que nos prova que um caminho tenha coração? É preciso dizê-lo em espanhol: "La unica prueba que vale es atraversar en todo su largo" (a única prova válida é atravessá-lo em todo seu comprimento) – um estado de intuição do presente imediato.

"The only worthwhile challenge is to traverse its full length." Observe que o espanhol prueba (prova) transformou-se no inglês challenge (desafio). Qualquer outra tradução empobreceria o texto.

Somente um domínio perfeito da língua poderia chegar a essa sutileza (atingir os maiores efeitos através de mudanças mínimas no texto).

Em "Jornada a Ixtlan", lemos que a pessoa deve incorporar os poderes mágicos fixando-se sobre os movimentos de um animal, o deslocamento das nuvens ou a força dos ventos. E ela precisa recebê-los em si mesma, para se apropriar dessa energia sutil. Ele diz em espanhol: "Hay que ponerse al alcance" (*Make yourself available*; Você tem de se tornar disponível). E acrescenta: "Ponerse en el medio del camino", traduzindo para *Retrieve yourself in the middle of a traffic way* (poder se tornar disponível no meio de uma estrada com tráfego intenso).

Até aqui, encontrei as fontes prováveis e falei do paralelismo entre os dados de Castañeda e os dados de outras tradições. Falei da linguagem e do homem. Agora quero falar do centro de sua revelação, de sua teofania.

Observemos a estrutura geral: são muitos os livros de Castañeda, todos contando a mesma história. Essa história comum a todos os seus livros é a de um Mestre que permanece enigmático para seus discípulos e que, no fim, desaparece.

Seus livros representam diferentes maneiras de encarar essa aventura. Segue-se um outro ciclo: o dos atos dos discípulos quando o Mestre desaparece. Pela primeira vez no imaginário do Ocidente, não se trata de uma tela sobre a qual se desenrolam os acontecimentos; trata-se, agora, de uma estrutura que é empregada para outros fins.

Com Don Juan aparece um novo herói, absolutamente novo na nossa história. Ele tem o aspecto de um xamã, mas não está ligado a nenhuma cultura tribal. Culturalmente, ele poderia ser um Yaki, mas também pertencer a alguma outra tribo. Ele está em casa no Arizona, onde o encontramos pela primeira vez, ou em Sonora, no México. Está em casa tanto num parque da Cidade do México quanto no deserto.

Dito de outra maneira, ele é um homem sem raça nem nacionalidade. Ele está fora da tradição – não tem nada a ver com a tradição ocidental do super-homem; não é um santo no sentido ocidental da palavra; e não é um cavaleiro andante, muito embora Octavio Paz tenha falado de Don Juan e Don Gennaro como o Don Quixote e Sancho Pança da "Brujeria Andante" (bruxaria andante).

Don Juan não é uma figura como Fausto; ele jamais lança um desafio. Não é um mago –na tradição literária do mago– e não tem qualquer ponto de contato com os magos conhecidos. Nem mesmo poderíamos dizer que ele é um mago disfarçado em homem selvagem. Ele não pertence à tradição de Merlin; tantas são as diferenças que não podemos falar de um Merlin do Novo Mundo. O que se desprende de todos esses caracteres é que o problema moral está no âmago de todos esses personagens, porque eles são rebeldes. O mundo de Don Juan é amoral. Trata-se, para mim, da abordagem de um estado alterado de consciência, cujos ecos se encontram numa obra de Giles Deleuze, "Mille Plateaux".

Encontramos justamente na literatura norte-americana um precedente: o de Mark Twain, sobretudo em seu romance póstumo "O Estranho Misterioso". Com cinquenta anos de intervalo, num novo contexto depois de todas as transformações tecnológicas e ideológicas da civilização americana, parece-me que Castañeda retoma o tema de Mark Twain e Jack London: como escapar à camisa-de-força social que nos aprisiona, para ousarmos mudar nossa relação com o mundo.

Retomemos o tema evocado em "O Estranho Misterioso": um garoto é iniciado por um "estranho" vindo de outras terras. A iniciação consiste em ultrapassar a causalidade. O voo de uma mosca é tão importante quanto o nascimento de um império. Todas as descrições do mundo, sobre as quais a vida está baseada, são ilusões que uma consciência superior pode modificar segundo sua vontade. O homem não passa de uma constelação de fatos diversos, reunidos por obra do acaso.

Um homem libertado do campo social pode modificar suas possibilidades corporais. Um homem superior deixa de se identificar com sua *persona* social, deixa de ser uma determinada pessoa que vive num dado lugar. Através do domínio do imaginário, ele se identifica ao mesmo tempo com a luz interior e com a luz exterior. Esse é o "homem de luz" da tradição sufi – de luz exterior enquanto corpo e de luz interior enquanto consciência. Assim, o "estranho misterioso" ensina a viver com a morte da identidade e a se identificar com a luz, como Don Juan.

O "estranho misterioso" de Mark Twain é uma espécie de mágico que faz surgir realidades fantásticas que alucinam seu "discípulo", pois ele quer libertá-lo da crença no real. O "estranho" deve habituá-lo a viver nos mundos alucinatórios, e a alucinação mais importante é aquela em que ele faz descer do céu as taças de luz. Trata-se de taças que parecem estar vivas, lampejando numa variedade encantadora de cores e desprendendo ondas luminosas que produzem "um êxtase mágico e estranho, como se o céu passasse através de nós". Quando bebe o vinho dessa taça de luz, o iniciado é preenchido por esse céu e transformado em "homem de luz", pronto a aceitar a verdade última – saber que nada existe, exceto o espaço vazio e a presença em si mesmo. "E você não é você. Não tem corpo, nem sangue, nem ossos, você é apenas um *pensamento*."

Nesse ponto do discurso, o "estranho misterioso" acrescenta: "Eu próprio não tenho existência, sou apenas um sonho, um sonho seu, uma criatura da sua imaginação." E desaparece.

Do ponto de vista da história da literatura iniciática, o "estranho misterioso" preparou o caminho para Don Juan. Também este, o novo herói, foi além da autopiedade, da amargura e dos amores fúteis, e deixou de ter uma história pessoal. Ele não se identifica mais com ninguém. Ele é uma atenção que plana no vazio, sem dignidade, sem família, sem amor, sem lar, sem pátria.

Ele não fala mais, não mais se ocupa de si mesmo. Ele abandonou a reconstrução incessante do mundo sólido das evidências sociais.

O ensinamento fundamental é que construímos o mundo sólido por meio dos diálogos internos com nós mesmos e que é possível desacelerarmos nossa existência até o êxtase, no qual se harmonizam a admiração, o maravilhoso e o terror.

Todas as correntes tradicionais afirmam que nesse estado alterado de consciência mergulhamos num êxtase em que, do centro de nosso corpo, de nossos olhos e de nossos dedos, partem linhas de energia que se prolongam ao infinito. E então vemos nosso corpo como um duplo, como um dos sentimentos dos seres possíveis que flutuam à nossa volta. Castañeda diz: "like barges", que ele traduz por "como barcaças".

Essas barcas se unem e às vezes são projetadas no tempo, na ordem, na excitação, na dor e no medo que formam o mundo cotidiano, até que a morte −comum ou iniciática− as liberta dessa ilusão. Na história literária ocidental só há uma obra com a qual esse tipo de experiência pode se encadear: "O Estranho Misterioso", de Mark Twain. Em compensação, encontramos numerosas referências na literatura dos índios norte-americanos e em certos textos da Índia, da China e do Japão. Os espanhóis privaram os índios das tradições religiosas que faziam deles seres plenos de fé. O único índio capaz de sobreviver era aquele que ria ao ver caírem suas tradições e aceitava o desafio do conquistador, porque se sentia tentado a acreditar no mundo do conquistador; paradoxalmente, sobrevivia o índio que se alegrava por não lhe terem deixado outra alternativa − ou seja, ele tinha uma única possibilidade de sobrevivência: estabelecendo contato com o *Unus Mundus*. É precisamente esse personagem que constitui a última figura de herói que resta à nossa razão: um homem em contato com fragmentos de tradições, subsistindo no mundo mas não fazendo parte de nenhuma tradição, no sentido de um apego emocional ou material. Um homem, por outro lado, capaz de entrar em contato com o *Unus Mundus.*

Em suma, trata-se de um ser humano que apreende todas as tradições e aceita, como jogo supremo de desafio, o mundo moderno.

Mark Twain, com "O Estranho Misterioso", abriu uma porta que nos revela o caminho do paradoxo e nos permite sair do labirinto das ideias recebidas. Entrego a você estes pensamentos; eles talvez possam guiá-lo se você se interessar por essa peregrinação do homem em busca da estrela inacessível – aquela que, conforme sua essência, dá um sentido à vida.

Michel Sokoloff
Paris, setembro de 1999

PÁGINA UM - DESIGN GRÁFICO E EDITORIAL
EM BERTHOLD BASKERVILLE REGULAR, CORPO 12/17,5
REEDITADA POR ANA CAROLINA ORSOLIN
REVISÃO PARA NOVO ACORDO ORTOGRÁFICO POR LOURDES RIVERA
COORDENAÇÃO JOE RIBEIRO
NOVA EDIÇÃO IMPRESSA PELA PSI7
EM DIGITAL SOBRE PAPEL PÓLEN BOLD 90GR E CAPA TRIPLEX 300G
PARA A AXIS MUNDI EDITORA EM AGOSTO DE 2012.